그림전기 루쉰

鲁迅画传

© 2001 by Wang Xirong
All Rights Reserved
Translation right arranged by Shanghai Lexicographical Publishing House Co., Ltd.
through Shinwon Agency Co., Korea.
Korean Translation Copyright © 2014 by Greenbee Publishing Company.

루쉰 그림전기

초판1쇄 펴냄 2014년 8월 25일
초판2쇄 펴냄 2021년 8월 13일

지은이 왕시룽 글 / 뤄시셴 그림
옮긴이 이보경
펴낸이 유재건
펴낸곳 그린비
주소 서울시 마포구 와우산로 180, 4층
대표전화 02-702-2717 | 팩스 02-703-0272
홈페이지 www.greenbee.co.kr
원고투고 및 문의 editor@greenbee.co.kr

주간 임유진 | 편집 홍민기, 신효섭, 구세주, 송예진 | 디자인 권희원 | 마케팅 유하나
물류유통 유재영, 한동훈 | 경영관리 유수진

學問思辨行: 배우고 묻고 생각하고 판단하고 행동하고
독자의 학문사변행을 돕는 든든한 가이드 _그린비 출판그룹

그린비 철학, 예술, 고전, 인문교양 브랜드
엑스북스 책읽기, 글쓰기에 대한 거의 모든 것
곰세마리 책으로 통하는 세대공감, 가족이 함께 읽는 책

글 · 왕시룽王錫榮 · 그림 · 뤄시센羅希賢 · 옮김 · 이보경

그림전기 루쉰

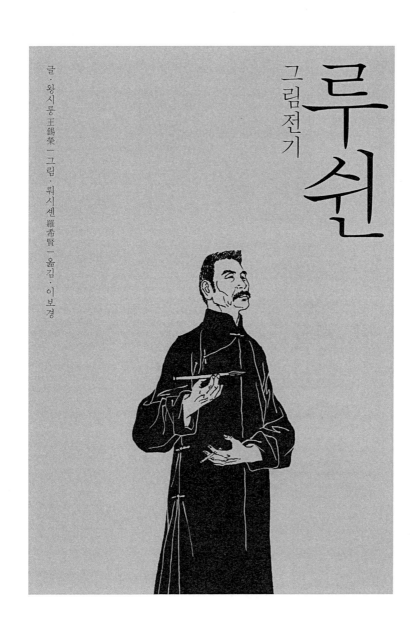

그린비

서문

/

저우하이잉 周海嬰

누구에게나 어린 시절이 있습니다. 읽기는 그림부터 시작하고 이야기는 상상에 맡깁니다. 그러다가 차츰 이것으로 만족하지 못하고 이야기와 줄거리가 알고 싶어집니다. 알듯 모를 듯하다가 몇 글자 알게 되면 이야기가 꿰지면서 단번에 환해지고 혼자 짐작하던 것보다 내용이 훨씬 풍부해지지요. 이렇게 해서 글자로 된 줄거리가 있는 이야기그림책을 좋아하게 됩니다. 몇십 년 전에는 연환화(連環畵)——중국식 이야기그림책——가 있었습니다. 『한 사람의 처지』(一個人的遭遇), 『너의 자매』(你的姐妹) 같은 것 말입니다. 저의 아버지 루쉰도 소장하고 계셨습니다.

저도 유년시절에 연환화를 보았습니다. 『서유기』, 『수호전』, 『삼국연의』, 『피노키오』 같은 것들입니다. 최근 몇십 년 새 만화영화가 보급되고 외국의 이야기그림책이 들어와서인지 연환화를 보는 어린 친구들이 드물고 연환화를 빌려 주던 노점의 책방도 흔적이 사라졌습니다. 다행히도 요즘 들어 점차 연환화를 좋아하는 독자들어 생겨나고 있습니다. 다양한 이유가 있겠지만 근본적인 것은 감상의 기호에 깊이가 생기고 예술적·문학적 지식의 수준이 높아졌기 때문입니다. 연환화의 독자와 소장가의 연령은 아주 다양합니다. 연환화는 그들의 청춘을 빛나게 하고 위로해 줍니다.

20세기 30년대 후반부터 펑쯔카이(豊子愷) 선생이 그린 『아Q정전』(阿Q正傳), 청스파(程十發) 선생이 그린 『쿵이지』(孔乙己) 등이 있었습니다. 그 후에도 아버지 루쉰의 삶과 관련된 몇 권의 단편 이야기그림책이 출판되었지만 역사적 상황 때문에 깊은 이해를 보여 주지 못했습니다. 저의 생각으로는 아직까지 비교적 완전하고 정확하게 루쉰의 삶을 소개한 연환화는 나오지 않은 것 같습니다. 이제 상하이사서출판사에서 이 화전(畵傳)을 독자에게 바치고자 합니다. 저는 이 화전이 루쉰에게 다가가고 루쉰을 이해하고 루쉰을 아는 데 도움이 될 것이라 믿고 있습니다.

魯迅書傳

목차

1부

유소년기

1881. 9 ~ 1902. 2

저장성(浙江省) 동쪽 닝사오(寧紹)평원 일대에는 콰이지산(會稽山)이 있고, 산 근처에 젠후(鑒湖)라고 하는 호수가 있다. 이곳 풍경은 그림처럼 아름답고 훌륭한 인물이 많이 나왔다. 사람들은 이곳을 '생각하는 산과 거울 같은 호수'(稽山鏡水)라고 불렀다.

춘추시대 세워진 오래된 사오싱성(紹興城)은 이 아름다운 땅에 자리를 잡았다. 사오싱성 중심가 남쪽 끝 타쯔교(塔子橋) 부근에는 시냇물을 따라 길지 않은 거리가 있다. 두창팡커우(都昌坊口)라고도 하고 둥창팡커우(東昌坊口)라고도 한다.

19세기 말 이 거리에 저우(周)씨, 량(梁)씨, 서우(壽)씨 등 명문대가들이 살고 있었
다. 신타이먼(新臺門) 대저택 저우씨 가문에는 한림(翰林) 저우푸칭(周福淸)의 대
가족이 살고 있었다.

족보에 따르면 저우씨의 원적은 후난성(湖南省) 다오저우(道州)로 명나라 때 사오
싱으로 이주했다. 사오싱 저우씨의 시조는 저우이자이(周逸齋)이다. 청나라 때 저
우씨 가문은 명문대가이자 선비가문으로 번성했다. 1871년 저우푸칭은 33살에
한림이 되었다. 저우푸칭의 꿈은 '가족과 친지 모두가 한림이 되는 것'이었다.

그의 아들 저우보이(周伯宜)——루쉰의 아버지——는 수차례 거인(擧人)* 시험에
낙방하고 울적한 마음을 달래려고 자주 술에 의지했다. 그래도 저둥(浙東) 사람 특
유의 골기는 있었다. 어린 아들이 괴롭힘을 당했다고 호소하면 그는 꼭 이렇게 말
했다. "그런데 너는 왜 되받아치지 않았느냐?" 그의 꿈은 자식 넷 중에 한 명은 일
본으로 유학 보내고 또 한 명은 서양으로 유학을 보내 강한 나라, 강한 민족을 만드
는 것이었다.

• 명청 시대 향시(鄕試)에 합격한 사람을 일컫던 말이다.

1881년 9월 25일 루쉰이 태어났다. 그는 저우씨 종갓집의 장손이었다. 번성했던 집안이 쇠퇴일로를 걷고 있던 때였다. 베이징성에서 내각중서(內閣中書)로 일하고 있던 저우푸칭은 장손에게 많은 기대를 걸었다. 고향으로부터 장손의 출생 소식이 들려올 때 공교롭게도 장(張)씨 성을 가진 손님이 방문했다. 사오싱의 풍속에 따라 손님의 성과 비슷한 발음으로 이름을 장서우(樟壽)라고 짓고, 자는 위산(豫山), 아명은 아장(阿張)이라고 했다.

훗날 루쉰(魯迅)이라는 필명을 사용한 것은 어머니 루루이(魯瑞)의 성을 따른 것이다. 루루이는 선비가문 출신으로 거인의 딸이었다. 아버지는 베이징에서 호부주사(戶部主事)로 일하고 있었다. 남편보다 세 살이 많았고 서당에 다닌 적은 없지만 총명해서 독학으로 책을 읽을 줄 알았다.

루루이는 열정적이고 명랑하며 강인하고 성실하며 동정심이 풍부하고 유머가 있
었다. 늘 가난한 친척을 도와주었다. 그녀의 선량하고 강인한 성격은 루쉰의 삶에
커다란 영향을 미쳤다.

루쉰이 태어난 날은 마침 '조왕신'의 생일이었다. 사람들은 이 아이가 장차 꼭 출세할 거고 했지만 가족들은 마귀가 잘 자라지 못하게 수작을 부릴까 봐 걱정스러웠다. 갓난이를 안고 근처 장칭사(長慶寺)로 가서 주지 룽쭈(龍祖) 스님에게 스승이 되어 달라고 부탁했다. 마귀의 수작을 막을 수 있다고 생각했기 때문이다. 이 때부터 어린 아장은 장경(張庚)이라는 법명을 가지게 되었다.

아장은 체구가 작았지만 재바른 편이어서 사람들은 '양 꼬리'라고 불렀다. 여름날 밤 뜰에서 바람을 쐴 때면 할머니는 이야기를 들려주고 수수께끼를 풀게 했다. 「고양이는 호랑이의 선생님」, 「백사 선녀」 등은 아장에게 깊은 인상을 남겼다.

일곱 살이 되자 아장은 집안의 글방에 들어갔다. 친척 작은할아버지 저우위톈(周玉田)이 『감략』(鑑略)*을 읽히면서 글자를 가르쳤다. 글방에서 사람들은 아명이나 정식 이름인 '장서우'라고 부르지 않고 자로 불렀다. 그런데 그의 자 '위산'은 '우산'처럼 들려서 할아버지는 자를 '위차이'(豫才)로 바꾸었다.

• 명나라 때 이정기(李廷機)가 지은 중국통사에 관한 책으로 서당에서 아동용 도서로 많이 사용했다.

일곱 살 아이에게 『감략』은 너무 어려웠다. 한번은 글방 선생님으로부터 『산해경』
(山海經)에는 사람 얼굴을 한 짐승, 머리 아홉 개 달린 뱀, 세 발 달린 새 등과 같은
신기한 괴물 그림이 많다는 이야기를 들었다. 위차이는 보고 싶어 안달이 났지만
구할 데가 없었다. 위차이의 마음을 잘 알고 있었던 보모 창(長) 아주머니가 휴가
를 얻어 집에 다녀오면서 책 꾸러미를 건네주었다. "도련님, 그림 있는 '싼헝징'•이
에요. 도련님 주려고 사왔어요!" 위차이는 기뻐 어쩔 줄을 몰랐다.

• '산해경'은 중국어로 '산하이징'이다. 문맹인 보모가 들리는 대로 '싼헝징'(三哼經)이라고 말한 것이다.

위차이는 아래쪽에 그림이 있고 위쪽에 글자가 있는 『이십사효도』(二十四孝圖)를 본 적이 있었다. 재미는 있었지만 스물네 가지 이야기를 다 듣고 '효'라는 것이 너무 어렵다는 것을 알게 되어 효자가 되고자 했던 바람이 완전히 사라지고 말았다. 그 뒤로는 자연과학 방면의 그림책을 찾아서 읽기도 하고 사서도 읽었다. 이는 훗날 그가 문리를 겸비하게 된 출발점이 되었다.

『산해경』에 나오는 머리는 없고 용맹무쌍한 형천(刑天)*은 매우 인상적이었다. 사오싱의 역사에는 많은 이야기가 전해진다. '세 번이나 대문 앞을 지나갔으나 집에 들르지 않'고 치수에 힘을 썼다고 하는 대우(大禹), 섶에 누워 쓸개를 씹으며 복수와 설욕을 다짐했던 월(越)나라 왕 구천(句踐), '지위는 미천해도 나라 걱정은 잊은 적이 없다'고 한 육유(陸游) 등과 같은 선현의 이야기 등등.

• 『산해경』에는 '형천'이 천제에 대항하자 천제가 그의 머리를 잘라 창양산(常羊山)에 묻었는데, 이에 젖꼭지를 눈으로 삼고 배꼽을 입으로 삼아 방패와 도끼를 휘두르며 춤을 추었다고 하는 이야기가 나온다.

1부 유소년기

뒤뜰 '백초원'(百草園)은 무궁무진하게 재미있는 곳이었다. 청록색의 채마밭, 반
질거리는 우물목책, 높고 큰 쥐엄나무, 검붉은 오디. 그리고 길게 우는 쓰르라미,
통통한 나나니벌, 재바른 종다리. 또 토담 밑도 재미있었다. 낮게 우는 방울벌레,
거문고 타는 귀뚜라미, 부서진 기와 아래에 있는 지네, 똥구멍에서 연기를 내뿜는
가뢰. 또 새박뿌리, 부용덩굴, 복분자, 능구렁이…….

새해가 멀지 않았다. 농촌 소년 윈수이(運水)가 '망웨'(忙月)로 일하러 온 아버지를 따라 위차이의 집에 왔다. '망웨'는 바쁠 때 잠깐 와서 도와주는 일꾼이다. 엇비슷한 나이의 두 아이는 반나절도 안 가 좋은 친구가 되었다. 윈수이는 농촌에 있는 재미있는 물건들에 대해 들려주었다. 눈이 오면 큰 대바구니로 새를 잡고 바닷가에서 조개껍질을 줍고, 여름밤에는 수박을 지키고 갈퀴로 오소리를 잡고 그리고 바닷가에는 튀어오르는 물고기…… 위차이의 마음은 농촌에 대한 아름다운 동경으로 가득 찼다.

위차이는 어머니를 따라 농촌의 외할머니 집에서 여름을 보냈다. 차오어장(曹娥江)에서 멀지 않은 외진 작은 마을이었다. 그곳에서 시골 아이들과 함께 새우를 잡고 소를 먹이고 연극구경을 했다. 처음으로 농촌을 알게 되었고 농민들과 떼어 낼 수 없는 인연을 맺게 되었다. 농촌 아이들의 순박함은 이후의 삶 속의 아름다운 기억으로 남았으며 끊임없이 그것을 되찾고자 노력했다.

그는 아이들과 함께 '목련(目蓮)의 어머니 구하기'라는 사오싱 연극에 군중배우로 '졸개 귀신' 배역을 맡았다. 무대에 올라 얼굴에 색칠을 하고 삼지창을 들고 사람들과 함께 말을 타고 들판의 버려진 무덤가로 달려갔다. 삼지창으로 무덤을 찌르고 다시 무대로 돌아와 일제히 함성을 지르고 다함께 삼지창을 무대바닥에 내던졌다.

1892년 열한 살의 위차이는 집에서 가까운 삼미서옥(三味書屋)에 들어갔다. 사오싱성을 통틀어 가장 엄격하기로 유명한 사숙이었다. '삼미'라는 이름은 "경전을 읽는 맛은 곡식 맛과 같고, 역사를 읽는 맛은 성찬과 같고, 제자백가를 읽는 것은 젓갈과 같다"라는 뜻에서 나왔다고 한다. 일설에는 청빈한 삶을 좋아하고 독서를 즐긴다는 뜻의 "무명옷은 따뜻하고, 채소뿌리는 달고, 시서(詩書) 읽는 맛은 오래 간다"라는 말에서 나왔다고도 한다.

사숙 선생님 서우화이젠(壽懷鑒)은 사오싱성에서 가장 반듯하고 소박하고 박학한 인물로 자는 징우(鏡吾)였다. 엄격했지만 자애로웠다. 그는 "난세에는 관리 노릇을 하지 않는다"라고 말하곤 했으며 자손들이 과거시험에 참가하는 것도 반대했다. 아첨하지 않는 강직함과 신념에 따른 행동, 그리고 세속에 영합하지 않는 품성을 지니고 있었다.

삼미서옥의 수업은 너무 힘들었다. 오전과 오후에는 책을 읽고 정오에는 글씨를 익히고 저녁에는 시 쓰기를 배웠다. 시 쓰기는 대구를 배우는 것이었다. 세 글자로 시작했다. 선생님이 '독각수'(獨角獸, 외뿔 짐승)라는 문제를 내자 아무도 대답을 하지 못했는데, 위차이가 '비목어'(比目魚, 외눈 물고기)라고 대구를 지었다. 선생님은 처음에는 아주 엄격했으나 위차이가 문학적 재능을 드러내자 금방 온화해졌다. 하지만 읽어야 하는 책은 더 늘어났고 대구 짓기도 점점 만만치 않았다. 세 자에서 다섯 자로, 나중에는 일곱 자로 늘어났다.

위차이가 삼미서옥에 들어간 이듬해 저우푸칭이 어머니의 죽음으로 휴가를 내어 고향에 돌아왔다. 마침 과거시험 때였다. 이해 저장의 주임시험관은 저우푸칭과 급제 동기로 잘 알고 지내던 인루장(殷如璋)이었다. 인루장은 저장으로 부임 받아 가는 도중 쑤저우(蘇州)에 잠시 머물고 있었다. 저우푸칭은 아들의 출세를 간절히 바라고 있었고 친지들도 손을 써 보라고 부추겼다. 결국 위험을 무릅쓰고 뇌물을 쓰기로 하고 쑤저우로 향했다.

쑤저우에 도착한 저우푸칭은 인루장에게 줄 어음 한 장을 써서 인편에 보냈다. 그런데 공교롭게도 부주임시험관이 주임시험관의 배에서 한담을 나누고 있었다. 주임시험관은 봉투를 보고 뇌물이라는 것을 알아차렸다. 부주임시험관의 면전에서 열어 보기도 마땅치 않아 일부러 한쪽에 두고 봉투를 전한 사람을 돌려보냈다.

그런데 그 사람이 바보같이 소리를 질렀다. "봉투에 돈이 들어 있다고요. 왜 수령증을 안 써 주는 겁니까?" 모든 전말이 들통 나고 말았다. 시험관에게 뇌물을 주는 것은 참수형에 해당한다. 저우푸칭은 도망갈 수 없다는 것을 알고 하릴없이 자수했다. 결국 사형집행유예 판결을 받았다. 이 '과거 사건'으로 저우씨 가문은 철저하게 몰락의 길을 가게 되었다.

저우씨 가문에 어마어마한 불행이 닥쳐온 것이다. 소식을 들은 저우씨 일가는 공포에 휩싸였다. 깊은 밤 위차이는 동생들과 함께 배에 올라탔다. 야밤을 틈타 남몰래 시골 외할머니집 근방 황푸좡(皇甫庄)에 있는 큰외숙부집으로 피했다. 얼마 안 있어 다시 외숙부를 따라서 샤오가오부(小皋埠)의 위위안(娛園)으로 옮겼다.

위차이는 더 이상 부귀영화를 누리는 부잣집 도련님이 아니라 곤경에 빠진 파락호의 아들이었다. 사람들은 남몰래 '거지'라고 불렀고 뒤에서 손가락질을 했다. 처음으로 인간 세상의 신산함을 맛본 소년은 정신적으로 깊은 충격에 빠졌다. 보통 사람들은 상상하기 어려운 것이었다. 자신만만했던 저우위차이는 전혀 다른 삶을 살게 되었고 성격도 완전히 달라졌다.

너무 일찍 다가온 인생의 좌절로 위차이는 어리둥절했고 화가 났다. 교양이 넘치던 그는 말이 없어졌고 장난꾸러기이던 그는 혼자 있는 것을 좋아했다. 1894년 봄 할아버지의 죄에 연루될 위험성이 줄어들었다. 다시 삼미서옥으로 돌아갔다. 그는 그림 베끼기에 빠져들었다. 선생님이 책 읽는 데 정신이 팔려 있을 때면 『탕구지』(蕩寇志), 『서유기』(西游記), 『야채보』(野菜譜) 등에 나오는 그림을 베끼며 미술에 대한 흥미를 키워 갔다.

불운은 엎친 데 덮치기 마련이다. 과거 사건으로 인해 깊은 충격을 받은 아버지에
게 병마가 닥쳤다. 폐의 악창이라고 했다가 나중에는 복강에 물이 차는 창만(脹滿)
이라고 했다. 저우씨 가족은 할아버지를 감옥에서 빼내야 했고 또 아버지의 병을
치료해야 했기 때문에 하릴없이 계속해서 가산을 팔아치웠다. 넉넉했던 살림이
순식간에 구차해졌다. 위차이는 인간세상의 간난신고를 맛보며 맏이로서의 짐을
짊어지게 되었다.

아버지의 병을 치료하기 위해 날마다 전당포와 한약방을 드나들었다. 자신의 키만 한 전당포 판매대 앞에서 옷가지, 장신구를 건네주고 모멸감 속에서 돈을 받았다. 다시 키만 한 한약방 판매대로 가서 오랜 병을 앓고 있는 아버지에게 줄 약을 샀다.

약을 사와도 또 보조약을 찾아야 했다. '명의'가 처방한 보조약은 너무 구하기 어려웠다. 겨울 갈뿌리, 삼년 서리 맞은 사탕수수, 곳집에 쌓아 둔 묵은쌀 따위. 다른 '명의'로 바꿨지만 더 이상한 약을 처방했다. '귀뚜라미 한 쌍'인데 '본처'인 것, 열매 맺은 자금우, 찢어진 북의 가죽을 갈아서 만든 '낡은 북 가죽 환' 같은 것으로 창만을 치료할 수 있다고 했다. 돌팔이의사들이 멋대로 지어낸 거짓말이었다.

우울하고 답답한 기분으로 위차이는 수업이 끝나면 고서를 베끼기 시작했다. 몇 해 안 되는 동안 『다경』(茶經) 등 여러 책을 베꼈다. 훗날 고서 베끼기 작업의 첫걸음을 내디딘 셈이다. 이와 동시에 잡학(雜學)을 섭렵했다. 위차이는 사숙 선생님 서우징우처럼 과거시험을 치르기 위한 팔고문(八股文)에는 흥미가 없었다. 틈만 나면 야사, 잡설, 자연과학 책을 읽었다. 그의 지식은 보통사람들보다 훨씬 광범위해졌고 훗날 잡문을 쓰는 데 많은 도움이 되었다.

마침내 '명의'도 아버지의 병에는 속수무책이었다. 천연덕스럽게 내린 그의 처방
은 명약이 아니었다. 반나절 정성들여 달인 탕약을 아버지의 입에 넣어 주었지만
입꼬리로 도로 흘러내렸다. 겨우 서른일곱이던 아버지의 죽음으로 위차이는 중의
(中醫)에 대한 강한 반감과 증오심이 생겼다. 중의는 의식적이든 무의식적이든 사
기꾼에 지나지 않았다.

아버지가 죽었을 때 할아버지는 여전히 감옥에 갇혀 있었다. 집안 형편은 훨씬 어
려워졌다. 친척들은 아무런 도움도 주지 않았을뿐더러 오히려 이 틈에 재산을 빼
앗으려고 손해가 되는 문서에 서명하라고 윽박질렀다. 그러나 위차이는 친척들이
마음대로 못 하도록 끝까지 거부했다. 금방 헛소문이 돌기 시작했다. 위차이가 어
머니의 장신구를 훔쳐 팔아먹었다는 것이다. 이때부터 위차이는 헛소문을 떠들고
다니는 사람들을 평생토록 끔찍이 미워하게 되었다.

협박과 헛소문은 위차이를 아프게 했다. 세상 사람들의 진면목을 또렷하게 보았고, 그들의 양심도 보이는 것 같았다. 그는 낯선 길, 낯선 땅에서 다른 사람들을 찾아보기로 결심했다. 집안 사정은 계속 공부하도록 도와줄 형편이 안 됐기 때문에 난징(南京)에 가서 공부하기로 결심했다. 어머니는 아들이 멀리 타향으로 떠나는 것을 바라지 않았지만 더 좋은 방법도 없었다. 어쩔 수 없이 8위안을 여비로 마련해 주고 눈물을 삼키며 아들을 배웅했다.

1898년 5월 난징에 도착한 위차이는 학비가 없는 강남수사학당(江南水師學堂)에 합격했다. 청나라 정부가 세운 군사학교로 위차이의 일가 작은할아버지 저우칭판(周慶藩)이 기관과의 감독(監督)으로 있었다. 그는 집안사람이 군인이 되는 것은 그리 자랑스러운 일이 아니고, 따라서 최소한 본명은 사용해서는 안 된다고 생각했다. 그래서 위차이의 본명 장서우를 저우수런(周樹人)으로 개명했다. 수런(樹人)은 "십년이면 나무를 심고 백년이면 인재를 심는다"라는 뜻에서 가져왔다.

수사학당은 9년제로 조종, 기관 두 분과가 있었다. 수련은 조종을 배우고 싶었지만 기관과로 배정되었다. 이제 갑판에는 올라가 보지 못하게 되었다. 이곳 수업은 비교적 단순했다. 일주일에 나흘은 영어, 하루는 역사, 또 하루는 고문을 공부했다. 그는 이곳에서 처음으로 서양의 과학지식을 접하게 되었다.

궁중에서는 젊은 광서(光緒)황제가 변법(變法)으로 강국이라는 목적을 이루고자
했다. 그는 캉유웨이(康有爲), 량치차오(梁啓超) 등 유신파를 등용하여 무술변법
(戊戌變法)을 일으켰다. 과거제도를 개혁하고 관리 인원의 감축을 시도하고 저술,
제조, 학당설립 등을 장려했다.

유신사상의 영향으로 수런은 분발했고 의기양양했다. 수업이 없으면 말타기 연습을 즐겼고 기인(旗人) 자제들과 경주를 벌였다. 한번은 말을 타고 청의 군영에 뛰어들기도 했다. 그는 '융마서생'(戎馬書生, 군인서생)이라는 네 글자의 도장을 새기고 스스로 '알검생'(戛劍生, 검을 버리는 서생)이라는 호를 붙여 검을 들고 말을 타고 단호하게 싸우러 나가겠다는 결의를 드러냈다.

얼마 못 가 변법은 실패로 끝났다. 수런을 가르칠 책임이 있다고 생각한 저우칭판은 그에게 학당을 떠나라고 하며 억지를 부렸다. "캉유웨이는 황위를 찬탈할 생각이었네. 그래서 그의 이름이 '유웨이'(有爲)고. 유(有)는 '천하를 다 가질 정도로 부유하다'는 것이고, 웨이(爲)는 '천자와 같이 고귀하게 되다'라는 뜻이다. 반란을 도모한 것이 아니고 무엇이겠느냐?"

수련은 수사학당의 어둡고 더러운 분위기를 금세 알아챘다. 텃세를 부리고 생각
이 다른 사람은 배척하고 '귀혼(鬼魂) 축출'이라는 명분으로 귀신에게 제사를 지
냈다. 때마침 청 정부가 광무철로학당(鑛務鐵路學堂)을 세웠다. 그는 수사학당을
그만두고 광무철로학당에 들어갔다. 이 학당은 강남육사학당(江南陸師學堂) 부설
로 중력, 기화, 지질 등의 과정을 중점적으로 가르쳤다. 수련은 공부가 "너무 신선
했"고, 또 갱도에 들어가 "귀신처럼 일하"는 광부들의 고된 삶을 목도했다.

이듬해 위밍전(兪明震)이라는 새 교장이 취임했다. 그는 유신을 주장하는 '신당'
(新黨)으로 마차에 앉아 『시무보』(時務報)*를 읽곤 했다. 그리고 학당에 신문열람
실을 만들어 『시무보』뿐만 아니라 『역서휘편』(譯書彙編)** 등 유신파의 책과 잡지
를 읽을 수 있도록 했다.

• 량치차오 등이 1896년 상하이에서 창간한 잡지.
•• 1900년 도쿄 유학생들이 만든 잡지로 외국의 사회과학, 철학을 위주로 번역·소개했다.

그의 영향 아래 학생들 사이에 신간서적을 읽는 분위기가 확산되었다. 수런은 『천연론』(天演論)•이라는 책을 반드시 읽어야 한다는 말을 들었다. 일요일에 이평먼(儀鳳門)에서 청난(城南)까지 십여 리 달려 책을 사와서 단숨에 읽어 버렸다. 전혀 낯선 서방세계가 눈앞에 펼쳐졌다. 헉슬리, 소크라테스, 플라톤, 스토아학파, '생존경쟁, 자연선택' 등등……. 수런은 이런 것들에 빠져들었다.

• 옌푸(嚴復)가 헉슬리의 『진화와 윤리학』을 번역하고 해설한 책.

그곳에 감독으로 있던 일가 어른이 그에게 신문을 건네주며 경고했다. "자네 좀 문제가 있구먼. 이 글을 들고 가서 읽어 보고, 베껴 보게나." 신문에는 예부상서(禮部尙書) 쉬잉쿠이(許應騤)가 황제에게 올린 상주문이 있었다. 유신을 주장하는 캉유웨이를 축출하라는 내용이었다. 그래도 수런은 여전히 유신사상에 몰두했다. 첫째동생 저우쭤런(周作人)이 난징수사학당에서 공부하게 되었다. 수런은 유신에 관련된 책들을 그에게 소개해 주었다. 두 형제는 늘 한밤중까지 독서에 몰두했다.

생각하는 산과 거울 같은 호수(稽山鏡水)

1

2

3

1 사오싱성의 옛 모습 2 시내의 수로와 민가 3 사오싱성 내에 있는 두창팡커우

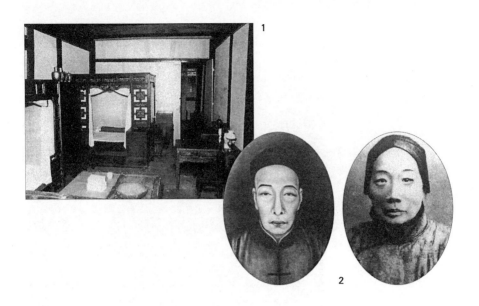

1 루쉰의 태어난 방 2 저우보이와 루루이 3 전당포
4 약방 5 백초원 6 마을 연극 공연 장소 포공전

5

6

1

2

3

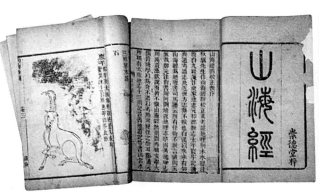
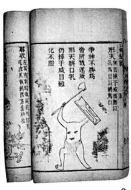

1 삼미서옥 2 서옥 내부 3 서옥 후원 4 저우위차이(周豫才) 도장 인발 5 융마서생(戎馬書生) 도장 인발
6 녹삼야옥(綠杉野屋) 도장 인발 7『감략』8『산해경』과 머리 없는 형천 그림

1

2

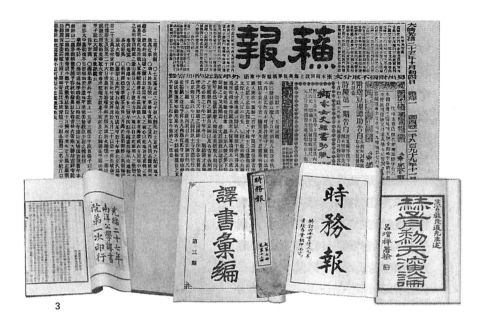

3

4

1 광무철로학당 기숙사
2 강남수사학당 자리
3 시계방향으로 『쑤바오』, 『천연론』, 『시무보』,
『역서휘편』, 『원부』(국부론).
4 광무철로학당 졸업증서

2부

유학 시기

1902. 3 ~ 1909. 8

1902년 1월 수런은 1등급 중 3등이라는 우수한 성적으로 광무철로학당을 졸업했다. 양강(兩江)총독 류쿤이(劉坤一)는 광무철로학당에서 졸업생 5명을 선발하여 과학기술을 배우도록 일본으로 유학 보낼 계획을 세웠다. 수런은 이 프로그램에 지원해 선발되었다. 1902년 3월 24일 그는 교장 위밍전을 따라 일본 우편선 '다이테마루'(大貞丸)호를 타고 상하이를 거쳐 일본으로 향했다.

열흘간의 항해 후 4월 4일 일본 요코하마에 도착했다. 다시 도쿄로 가서 고분학원
(弘文學院) 강남반(江南班)에 들어갔다. 고분학원은 일본 정부가 중국유학생들을
위해 만든 속성학교로 주로 일본어와 일반 과학지식을 가르쳤다.

어느 날 학감 오쿠보(大久保)가 학생들을 모아 놓고 말했다. "여러분은 모두 공자의 제자이니 오차노미즈(御茶ノ水)에 있는 공묘(孔廟)에 가서 예를 올리십시오." 수런은 정말 깜짝 놀랐다. "공자와 그의 제자들에 대한 절망 때문에 일본에 왔는데, 그런데 예를 올리라니." 생각할수록 곤혹스럽고 실망스러웠다.

9월에 또 도쿄에 유학생들이 왔다. 저장 강남반에 들어온 학생 중에 고향 사람 쉬
서우창(許壽裳)을 알게 되었다. 두 사람은 만나자마자 오래된 친구 같았다. 중국인
의 목숨이 너무 하찮고, 특히 이민족의 노예 노릇을 할 때 더 그렇다는 이야기를 나
누었다. 비통한 이야기에 미치면 서로 마주 보며 가슴 아파했다. 그들의 마음은 단
번에 가까워졌다.

2부 유학 시기

이후 두 사람은 늘 세 가지 문제에 관해 이야기를 나누었다. 첫째, 어떤 것이 이상적인 인성인가? 둘째, 중국 국민에게 가장 모자란 것은 무엇인가? 셋째, 그러한 병폐의 뿌리는 어디에 있는가? 둘은 시간 가는 줄 몰랐다. 이때부터 수십 년간 한결같은 지기(知己)로 지냈다.

그들은 수업이 없는 시간에는 간다(神田) 일대에 있는 서점을 돌아다녔다. 돌아올 때면 늘 텅 빈 지갑을 보며 함께 쓴웃음을 지었다. 그들은 또 유학생회관에 가서 중국유학생 집회에 참가하고 강연을 듣고 각종 애국활동에 적극적으로 참가했다. 수런은 쉬서우창, 타오청장(陶成章) 등 저장 출신 학생 101명과 함께 저장동향회를 만들고 『저장의 조수』(浙江潮)라는 기관지를 편집·출판했다.

수런을 가장 분노케 한 것은 동학들과 거리를 걸을 때 어린아이들이 '돼지꼬리 대머리'라고 놀리는 것이었다. 변발에 대한 조롱이었으므로 동학들은 불같이 화를 냈다. 수런은 깊이 생각하고 동학들에게 말했다. "이런 욕은 외려 우리 중국민족의 노래에 넣어도 좋겠네. 분발하여 자강을 도모하도록 채찍질하는 거지."

이 일은 수련을 더욱 분발하게 했다. "천하에서 지식을 구하고 세계에서 학문을 찾"으며 열심히 새로운 지식을 공부했다. 학교에서 배우는 일본어, 영어, 수학, 물리, 화학, 세계사, 지리, 동식물학, 회화 말고도 기갈이 든 것처럼 온갖 서양의 과학과 문화 관련 서적들을 찾아 읽었다. 일본에 오기 전 일본어를 배운 적이 없었지만 이듬해에는 번역을 할 수 있는 수준이 되었다.

2부 유학 시기

수련의 사상은 급격하게 변화했다. 변발을 머리 위로 틀어 올리거나 변발을 풀어 "아가씨들의 쪽머리처럼, 게다가 목을 몇 번 비틀어 놓은" 모양으로 틀어 올린 동학들이 눈에 거슬렸다. 변발은 이민족에 의한 중국민족에 대한 억압의 상징이기도 했다. 1903년 3월 수련은 강남반 학생 가운데 처음으로 변발을 자르고 사진을 찍어 기념했다. 사진 뒷면에 「사진에 부쳐」(自題小像)라는 시*를 지어 쉬서우창에게 보냈다.

• 시의 내용은 다음과 같다. "내 영혼은 신의 화살을 피할 수 없고, 무겁게 내려앉은 비바람에 어두운 고향마을. 차가운 별에 부친 마음 내 님은 몰라줘도, 나는 나의 피를 조국에 바치리라."

이해 재일 유학생 사이에 반청(反淸) 혁명운동이 격렬하게 일어났다. 오사카박람
회에서 중국인을 '야만인류관'에 전시한 사건에 대하여 항의하고 '러시아에 저항
하기 위한 의용군'을 조직하고 쩌우룽(鄒容)의 『혁명군』(革命軍)이 출판되었으며
'쑤바오(蘇報) 사건'• 등이 일어났다. 수런은 『혁명군』, 『저장의 조수』와 같은 혁명
을 선전하는 책과 잡지들을 폭넓게 읽고 있었다.

• 청 정부가 혁명운동의 고양을 막기 위해 『쑤바오』에 대해 판금조치를 내리고 장타이옌, 쩌우룽 등을 체포한
  사건을 가리킨다.

수런은 과학문화를 전파하기 위해 노력하기 시작했다. 이해 프랑스 쥘 베른(Jules Verne)의 장편과학소설 『달나라 여행』, 『지하세계 여행』을 번역하고, 과학논문 「라듐에 대하여」(說鈿), 「중국지질약론」(中國地質略論) 등을 발표했다.

수련은 '저장학회'(浙學會)에 참가했다. 원래 항저우 구시서원(求是書院)에서 만든
것으로 쉬서우창, 왕자쥐(王嘉榘), 장쭌롄(蔣尊簋) 등이 회원이었다. 반청혁명을
고취한다는 이유로 청 정부에 의해 지명수배 되자 도쿄로 옮겨 활동을 이어가고
있었다. 후에 '철학회'(哲學會)로 이름을 바꾸었다. 황싱(黃興) 등과 연계하여 러일
전쟁을 틈타 무장기의를 모의하기도 했고, 이후 광복회(光復會)로 발전했다.

2부 유학 시기

광복회는 청 정부의 관리를 암살하는 방식으로 혁명을 개시하기로 결정하고 수런 에게 관리 암살에 참가하기를 요구했다. 수런은 암살 방식에 반대했다. "제가 갈 수도 있습니다. 그런데 제가 죽고 나면 어머니는 누가 부양합니까?" 두령이 말했 다. "당신처럼 이렇게 좌고우면해서야 어디 암살을 실행할 수 있겠소? 그만두시 오. 당신이 갈 필요는 없소."

1904년 4월 수런은 고분학원을 졸업했다. 규정에 따르면 도쿄제국대학 공과 채광 야금학과에 진학해야 했다. 그런데 수런은 의학을 공부하기로 결심했다. 새로운 의학이 일본의 메이지유신(明治維新)에 "많은 도움이 되었다"는 것을 알고 있었기 때문이다. 그의 꿈은 아름답기 그지없었다. 졸업 뒤 귀국하여 그의 부친과 같은 환자의 고통을 치료할 생각이었다. 전쟁이 일어나면 군의관이 될 수도 있고 또 다른 한편으로는 국민들에게 유신에 대한 믿음을 촉진시킬 수도 있다.

변발을 머리 위로 틀어 올리고 후지산(富士山)처럼 모자를 쓴 채 "쿵쿵쿵 댄스를 배우고 문을 닫고 소고기를 삶아 먹는" 유학생들을 피해 동북의 외진 작은 도시 센다이(仙台)의학전문학교에 가서 공부하기로 결심했다. "소고기를 삶아 먹는 것은 중국에서라면 괜찮다. 어째서 멀리 외국까지 와서 꼭 그래야 하는가?"

센다이의학전문학교는 이 중국유학생의 입학신청을 서둘러 허가하고 입학시험을 면제해 주었다. 9월 초 수런은 동학들과 이별하고 센다이로 갔다. 이별에 앞서 쉬서우창에게 자신이 아끼고 열심히 읽던 『이소』(離騷)*를 선물했다.

• 전국(戰國)시대 초(楚)나라 굴원(屈原)의 서정시.

"센다이는 작은 읍내로 결코 크지 않았다. 겨울은 너무 추웠고 중국 학생은 없었다." 수런은 센다이전문학교 개교 이래 처음 온 외국인 유학생이었기 때문에 현지인들의 주목을 받았다. 7월 15일 센다이의 『가호쿠신보』(河北新報)는 저우수런이 센다이에서 공부하게 될 것이라고 보도했다. 청년 수런이 처음으로 신문에 실린 것이다.

9월 12일 센다이의전이 개학했다. 수련은 센다이 주민들의 특별한 관심을 받았다. 학교는 학비를 안 받았고 직원들은 그의 식사와 숙소를 걱정했다. 의전의 모든 것이 신선했다. 수련은 "이때부터 낯선 선생님을 많이 만났고 신선한 강의를 많이 듣게 되었다."

2부 유학 시기

해부학은 교수 두 명이 나누어 강의했다. 첫 강의는 정형외과학이었다. 강의시간
이 되자 검고 마른 선생님이 들어왔다. 팔자수염에 안경을 쓰고 크고 작은 책 꾸러
미를 겨드랑이에 끼고 있었다. 책을 교탁에 내려놓고 느릿느릿하면서도 높낮이가
있는 말투로 자신을 소개했다. "나는 후지노 겐쿠로(藤野厳九郎)입니다……."

일주일 후 토요일이었던 것 같다. 후지노 선생님은 조교더러 수런을 데리고 오라고 했다. "내 강의를 듣고 받아 쓸 수 있는가?" "조금은 받아 쓸 수 있습니다." "가져와 보게!" 수런이 노트를 제출했다. 이삼 일 후 후지노 선생님이 수런에게 돌려주었다. 노트를 본 수런은 깜짝 놀랐다. 처음부터 끝까지 자세하게 첨삭해 주었던 것이다. 그 후로도 후지노 선생님은 자신이 담당하는 모든 과목에 대해 수런의 노트를 수정해 주었다.

2부 유학 시기

1학년이 끝나고 수런의 기말시험 성적은 전체 142명 중 68등이었다. 학생 중 30명
은 불합격이었다. 수런은 학생들의 시기와 공격의 대상이 되었다.

어느 날 학생회 간사가 수런의 노트를 막무가내로 검사했다. 얼마 지나지 않아 수런은 익명의 편지를 받았다. 톨스토이가 러시아 황제와 일본 천황에게 보낸 편지의 서두를 모방하여 『성경』의 한 대목이 씌어져 있었다. "회개하라!" 한 동학이 수런에게 말했다. 후지노 선생님이 수런의 노트에 시험 문제를 알려주는 표시를 해주었다고 말하는 사람이 있다는 것이다.

수련은 이 일을 후지노 선생님에게 알렸다. 반장인 스즈키 잇타(鈴木逸太)도 후지노 선생님에게 보고했다. 후지노는 대단히 분노하며 말했다. "그런 일은 없었네!"

불공정하다고 느낀 몇몇 동학들이 간사에게 따졌고 소문은 사라졌다. 간사는 필사적으로 그 편지를 회수하려고 했고, 결국 수런도 톨스토이를 모방한 익명의 편지를 되돌려 보냈다.

수런은 이 사건으로 엄청난 충격을 받았다. 그는 분노했다. "중국은 약소국이다. 따라서 중국인은 당연히 저능아들이고, 60점 이상 받으면 본인의 능력으로 한 것이 아니다. 그들의 의심을 나무랄 것도 못 된다."

2학년이 되자 해부학, 조직학 실습, 병리학 등 새로운 과목이 생겼다. 약 일주일간 해부 실습을 했다. 후지노 선생님이 다시 수련을 불렀다. 매우 기뻐하며 높낮이가 있는 말투로 그에게 말했다. "중국인은 귀신을 아주 존중한다고 들어서 자네가 시체 해부를 안 하려 하지 않을까 많이 걱정했다네. 그런 일은 없었으니 이제야 마음이 놓이네."

겨울, 수런은 다른 동학들과 함께 새로 오는 중국유학생을 마중하러 요코하마에
갔다. 서로 양보하는 책벌레 같은 그들의 모습이 못마땅했다. 하지만 여기에서 판
아이눙(範愛農), 쉬시린(徐錫麟), 천보핑(陳伯平), 마쭝한(馬宗漢) 등 혁명가들을 알
게 되었다.

봄방학을 맞아 도쿄에 갔다. 도중에 미토(水戶)에 들러 명말의 애국자 주순수(朱舜水)가 머물렀던 유적지를 참배했다. 학자였던 주순수는 만년에 청나라 조정과 같은 하늘을 이고 살 수 없다는 한족의 증오를 표현하기 위하여 이곳에 머물렀다. "중국이 광복되지 않으면 돌아가지 않겠다"라고 맹세하고 이국땅에서 여생을 보냈던 것이다.

1906년 1월 수련은 세균학 수업을 듣기 시작했다. 세균의 모습은 환등기로 보았다. 선생님은 수업시간 틈틈이 시사에 관련된 슬라이드를 보여 주며 일본의 군국주의 사상을 주입했다. 러일전쟁이 끝난 지 얼마 되지 않았을 때였다. 일본군이 승리하는 장면이 나오자 교실에는 열렬한 환호성이 울려 퍼졌다.

어느 날 수업시간에 방영한 필름에서 오랫동안 못 봤던 중국인을 만났다. 러시아인을 위해 스파이 노릇을 한 중국인이 일본군에 체포되어 사형 집행을 기다리고있었다. 그를 둘러싸고 구경하는 사람들도 중국인이었다. 그들의 얼굴은 모두 마비된 모습이었다. 이 장면을 본 일본 학생들은 박수치며 '만세'라고 환호했다. 이일로 수련은 엄청난 충격을 받았다.

그는 생각했다. 의학은 결코 급한 일이 아니다. 무릇 어리석고 약한 국민은 설령 체격이 아무리 건강하고 튼튼하더라도 아무런 가치도 없는 조리돌림의 소재나 구경꾼 노릇을 할 수밖에 없다. 병으로 죽는 사람들이 좀 있다고 한들 꼭 불행이라고 생각할 필요는 없다. 따라서 민족을 구원하기 위한 첫번째 방법은 사람들의 정신을 바꾸는 것이다.

그는 사람의 정신을 바꾸는 데 제일 좋은 것은 당연히 문예라고 생각했다. 고통스런 숙고 후 중대한 결정을 내렸다. 열심히 추구하던 의학 구국의 길을 포기하고 문예활동에 종사하여 중국인의 정신을 바꾸기로 했다. 이것이 바로 이른바 "의학을 버리고 문학에 종사하"(棄醫從文)게 만든 사건이다.

수련은 우선 후지노 선생님에게 자신의 생각을 말했다. 후지노 선생님의 얼굴은 슬픈 듯도 했고, 말을 하려다가 그만두었다. 수련은 그를 위로했다. "저는 생물학을 공부하고 싶었습니다. 선생님께서 저에게 가르쳐 주신 학문도 유용했습니다." 후지노 선생님이 탄식하며 말했다. "의학을 위해 가르친 해부학 같은 것이 생물학에 그리 큰 도움이 못 된 것 같네."

후지노 선생님은 수련이 센다이를 떠나기 며칠 전 집으로 불러 자신의 사진 한 장을 건네주었다. 사진의 뒷면에는 이렇게 씌어 있었다. "이별을 안타까워하며, 후지노가 저우 군에게 드립니다." 후지노는 수련에게 언젠가 사진을 찍으면 한 장 보내 달라고 했다.

수런은 평생토록 후지노 선생님을 마음 깊이 새기고 있었다. "나의 스승이라고 생각한 분들 가운데 그는 나를 가장 감동시키고 가장 많이 격려해 주신 분이다." 그는 후지노가 수정해 준 노트를 장정해서 소중하게 간직하고 후지노의 사진은 그의 베이징 처소에 늘 걸어 두었다. 1926년 샤먼에서 지낼 때는 「후지노 선생님」(藤野先生)이라는 글을 써서 자신의 영원한 스승에 대한 최고의 경의와 그리움을 드러냈다.

센다이 시절 수련은 『톰 아저씨의 오두막』 등 많은 서구 문학작품을 읽고 「세계사」,
「북극탐험기」, 「세계진화론」, 「원소주기율」, 「조인술」 등을 번역했다. 문학 활동에
참여하기 위한 충분한 준비를 하고 있었던 것이다.

1906년 3월 수런은 2학기 시험을 보지 않고 동학들을 놀라게 하지도 않고 조용히 센다이를 떠나 도쿄로 갔다. 그는 쉬서우창에게 말했다. "나는 기필코 문예를 공부하려 하네. 중국의 바보들, 멍청한 바보들을 어떻게 의학으로 치료할 수 있겠는가?" 쉬서우창은 수런의 말을 충분히 이해했으며 둘은 마주보며 쓴웃음을 지었다. 이때부터 수런은 문예로 민중을 일깨우고 사회를 개조하는 길을 걷게 되었다.

5월 수런은 구랑(顧琅)과 함께 『중국광산지』, 『중국광산전도』를 출판했다. 이런 책을 쓰게 된 배경은 중국 각지에서 러시아의 동북지방 광산 약탈을 반대하는 운동이 일어나고 있었던 것과 관련이 있다. 수런은 적절한 과학 서적으로 자신의 애국주의 사상을 표현했던 것이다. 이 책들은 이후 중등학교의 참고서로 사용되었다.

이해 여름 수련은 고향의 집으로부터 다급한 편지를 받았다. 어머니의 병이 위중하니 속히 귀국하라는 내용이었다. 게다가 하루에 편지 두 통이 한꺼번에 왔다. 수련은 어머니의 병환에 대한 걱정으로 바로 귀국 길에 올랐다.

그는 서둘러 사오싱으로 돌아왔다. 그런데 그의 눈앞은 밝게 빛나는 등롱과 오색 비단으로 장식한 경사스런 모습이었다. 어머니도 아프지 않았다. 수런은 깜짝 놀랐다. 알고 보니 수런이 도쿄에서 아내를 얻었고 아이까지 낳았다는 소문이 퍼졌던 것이다. 심지어는 코, 입이 어떻게 생겼다는 말까지 돌았고 일본인 아내와 아이를 데리고 도쿄 시내를 걷고 있는 것을 보았다고도 했다. 불안해진 어머니가 중병에 걸렸다는 거짓말로 수런을 귀국시켜 결혼을 시키려고 했던 것이다.

신부 주안(朱安)은 수련보다 세 살 많은 구식 여성이었다. 전족을 했고 글자를 몰
랐다. 정혼을 하고 싶지 않았지만 어머니의 명령을 어길 수가 없었다. 수련은 여자
에게 두 가지를 요구했다. 하나는 전족을 풀어야 하고 둘은 학당에 들어가 공부를
해야 한다는 것이었다. 주안이 대답했다. "발은 이제 풀어도 안 자라고 여자는 공
부해도 아무런 소용이 없어요." 수련은 그녀와 공유하는 언어가 있을 수 없다는 것
을 깨달았다.

너무 결혼하기 싫었지만 자신은 저 멀리 외국에서 떠돌고 있는 신세였다. 언제 무슨 일이 생길지 알 수 없고 어머니 곁을 지키는 사람이 있으면 많은 걱정을 덜 수 있다는 생각이 들었다. 더구나 이 혼사를 거절할 경우 주안은 생계조차도 의탁할 데가 없이 더욱 비참해질 것이다. 억울하지만 결혼해서 한 시대의 희생이 되는 게 낫겠다고 결정했다. 그는 집안사람들의 의견에 따라 전통적 방식으로 혼례식을 올렸다.

이날 밤 수런은 신방에서 앉은 채로 하룻밤을 보내고 이튿날 서재로 옮겼다. 수런
은 훗날 쉬서우창에게 말했다. "이 사람(주안)은 어머니께서 나에게 주신 선물이라
네. 그저 잘 돌볼 수밖에 없지. 사랑 같은 것은 나는 모르네."

수련은 고향집에서 나흘 머물렀다. 쓰디쓴 마음을 안고 관비 일본유학 시험에 합격한 첫째동생 저우쭤런과 함께 일본으로 돌아갔다. 서둘러 떠난 까닭은 혼인으로 인한 낙담 말고도 쭤런의 일정이 촉박해서이기도 했다. 주안은 고향집에 남아 어머니의 짝이 되었다.

도쿄에서 수런은 문예운동과 혁명활동에 전심전력을 기울였다. 그는 장타이옌이
『민바오』(民報)에 발표한 글에 감동했다. "그야말로 초목을 쓰러뜨리는 바람처럼
사람의 정신을 진작시켰다." 그는 또 다량의 문학작품을 읽었다. 한꺼번에 120여
종의 독일어 서적을 구입하기도 했다. 이때부터 벌써 서구의 사회주의, 모더니즘
등 새로운 인문 사조를 민감하게 섭렵하고 있었던 것이다.

풍부한 독서를 바탕으로 자신의 계획을 실행하기 시작했다. 1907년 쉬서우창, 저우쭤런, 위안원써우(袁文藪), 쑤만수(蘇曼殊) 등과 함께 『신생』(新生)이라는 문예 잡지를 창간하기로 했다. 수런은 이 잡지의 핵심적 인물로서 잡지 이름, 표지디자인에서부터 내용, 삽화 등에 이르기까지 모두 일일이 챙겼다. 그런데 출판이 임박할 즈음 글을 담당하고 자금모집을 책임진 사람들이 차례로 빠져나갔다. 결국 잡지는 창간도 못한 채 요절하고 말았다.

수런은 동유럽의 피압박민족과 러시아의 문학작품을 읽었다. 외침과 반항의 정신이 풍부한 작품들을 중국에 소개할 작정이었다. 다른 한편으로 문예논문을 쓰기 시작했다. 1907~8년 사이 차례로 「인간의 역사」(人之歷史), 「마라시력설」(摩羅詩力說, 악마파 시의 힘), 「과학사교편」(科學史敎篇), 「문화편향론」(文化偏至論) 등을 썼다.

이상의 논문은 중국과 인류의 운명에 대한 수련의 깊이 있는 사고를 보여 주고 있다. 정신계의 전사를 호명하고 "사람 세우기", "개인 존중, 군중 배격" 등을 주장했다. 서구의 악마파 시인과 작품에 드러난 어둠에 반항하고 자유를 쟁취하고자 하는 정신을 소개하고 그들의 "반항을 결심하고 행동을 목적으로 한다"는 주장의 의미를 밝혀냈다. 부국강종(富國强種)을 위한 거울로 삼기 위해서였다.

이와 동시에 그는 장타이옌에게 고문자를 배우고 러시아어로 된 문학작품을 번역하기 위해 러시아인 마리아 콩테(Maria Konde) 부인에게 러시아어를 배웠다. 그는 외국어를 열쇠로 삼아 자신의 장점을 살리면서 문예에 종사하기로 결심했다. 그것은 서구문학에 대한 자신의 공부를 기초로 외국문학 작품을 번역하고 글을 쓰는 일이었다.

1909년 수런은 쥐런과 함께 동유럽과 러시아의 단편소설을 번역한 『역외소설집』(域外小說集) 두 권을 차례로 출판했다. 제1집은 겨우 21권, 제2집은 20권이 팔렸을 뿐이었다. 두 사람은 크게 실망하고 출판을 계속하려던 계획을 포기할 수밖에 없었다. 이들 형제의 첫번째 시도는 실패로 끝났지만 린수(林紓) 등의 '역술'(譯述)과 비교해 보면 그들의 작업은 중국문화계에 유럽의 신문예를 진정으로 번역 소개한 중요한 첫걸음이었다.

저우쩌런이 도쿄 릿쿄(立敎)대학 문과에 진학하고 일본 여성 하부토 노부코(羽太信子)와 결혼했다. 생활비 지출이 갑자기 늘어났다. 전통혼인으로 힘들어하던 수런이기에 쩌런의 선택을 강력하게 지지했다. 하지만 동시에 책임이 막중해졌다.

쮜런은 결혼 이후 수입이 없었고, 생활은 점점 어려워졌다. 더구나 고향의 형편도 날로 나빠져 장남의 경제적 도움이 절박했다. 수런은 하릴없이 일본에서 문예운동을 하려던 계획을 포기하고 8월에 고향으로 돌아갔다.

1

2

1 센다이의학전문학교 2 청나라 유학생회관
3 루쉰의 노트 4 후지노 겐쿠로 사진과 뒷면에 쓴 글
5 1904년 도쿄에서 쉬서우창(뒷줄 왼쪽) 등과 함께 찍은 사진

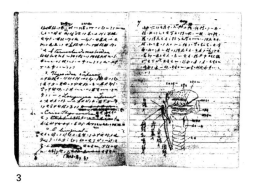

3

4

5

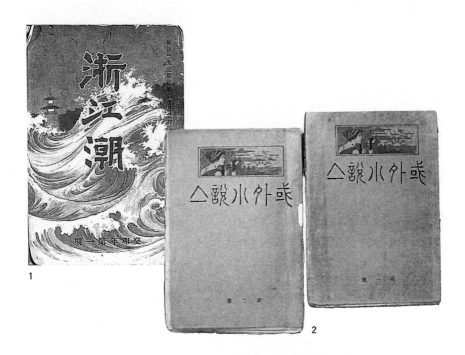

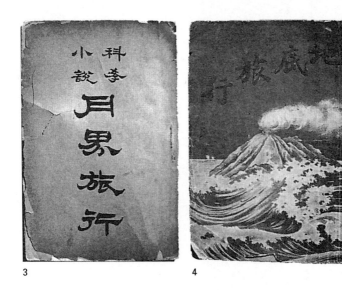

1 『저장의 조수』 2 『역외소설집』 3 『달나라 여행』 4 『지하세계 여행』

5 『중국광산지』 6 『중국광산전도』

7 '사진에 부쳐'(自題小像) 수고

7

3부

항저우, 사오싱, 난징에서

1909. 8 ~ 1912. 5

중국은 사방이 암흑이고 사람들은 무지몽매했다. 관청에서는 변발을 자른 사람은 혁명당이거나 '외국과 내통했다'고 의심하고 민간에서는 '아비도, 임금도 없는 자', '대역무도한 자'이거나 간통한 사람이라며 백안시했다. 수련은 사람들의 비웃음을 피하기 위해 당시 유행하던 가짜변발을 쓰고 다녔다.

한 달 남짓 후 가짜변발이 "길에 떨어지거나 누가 잡아당기기라도 하면 변발을 안한 것보다 훨씬 꼴사납지 않겠는가"라는 생각이 들었다. 그는 사람들에게 진짜 자기 모습을 보여 주기 위해 가짜변발을 쓰지 않기로 결심했다. 하지만 진실의 대가는 녹록지 않았다. 길을 나서면 사람들은 멍하니 구경하거나 비아냥거리고 욕을 했다. 코가 없는 사람이 거리를 걸어 다닌다 해도 이런 수모는 겪지 않을 것이다.

먼저 귀국하여 항저우의 저장양급사범학당(浙江兩級師範學堂)에서 교무장을 맡고 있던 쉬서우창은 교장 선쥔루(沈鈞儒)에게 수런을 추천했다. 저장성의 최고 학부로 당시 중국에서 손꼽을 정도로 규모가 큰 학당이었다. 수런은 초급 화학, 고급 생리학 교원으로 임용되었다.

당시에도 많은 중국인들은 여전히 봉건적 의식에 사로잡혀 있었다. 하지만 이 학교의 교사들은 대부분 일본에서 유학했기 때문에 비교적 민주적이고 과학적인 분위기였다. 학생들은 생식계통에 대해 더 자세히 강의해 줄 것을 요구했다. 수런도 흔쾌히 동의하면서 강의 중에 웃지 말아야 한다는 조건을 내걸었다. 강의의 효과는 아주 좋았고 학생들의 존경을 받았다.

이 학교는 비교적 전문성이 강한 과목에 대해서는 일본인 교원을 초빙했다. 생물학을 공부한 수런이 일본인 교원 스즈키 게주(鈴木珪壽)의 통역을 맡았다. 스즈키의 식물학 강의를 도와주는 것 말고도 그와 함께 자주 학생들을 데리고 구산(孤山), 거링(葛嶺) 일대에서 식물표본을 채집했다.

1910년 여름 구파 인물들이 저장양급사범학당의 권력을 장악했다. 수런은 사표를 내고 사오싱으로 돌아왔다. 차이위안페이가 세운 사오싱 산콰이(山會)초급사범학당에서 가르치다가 사오싱부중학당으로 옮기고 얼마 후 교무장이 되었다. 이 기간에 수런은 소설사 자료를 정리하기 시작했다.

유신사상의 영향을 받은 학생들이 잇달아 변발을 자를 수 있게 도와 달라고 요구
했다. 수런은 학생들의 혁명정신에 기뻤지만 그들을 보호하기 위해 변발을 자르
지 말라고 권유했다. 학생들은 수런이 언행이 일치하지 않는 사람이라고 생각했
다. 이튿날 다른 학교에서 단발한 학생 6명을 쫓아내는 것을 보고서야 비로소 수런
이 그들을 보호했다는 것을 깨달았다.

사오싱의 수구 사상은 대단히 심각했다. 수런은 갑갑하기 이를 데 없었다. 한편으로 쉬서우창에게 외지에 일자리를 알아봐 달라고 부탁하고, 다른 한편으로는 학생 쑹린(宋琳) 등과 함께 반청 혁명조직 '웨사'(越社)를 만들고 '웨사총간' 출판을 기획했다.

1911년 10월 신해혁명이 일어났다. 11월 초 혁명의 불길이 저장에 이르렀고 저장
은 재빨리 독립을 선언했다. 혁명 분위기에 한껏 고무된 청년 저우수런은 적극적
으로 혁명을 선전했다. 혁명가들이 정권을 잡았으므로 민중들에게 혁명의 대의를
선전하고 민중의 혁명정신을 키우는 것은 필수적이라고 생각했다.

사오싱을 접수한 혁명군은 일본 유학시절 알고 지낸 왕진파(王金發)였다. 그의 군
대가 사오싱에 도착하기 전 삽시간에 퍼진 유언비어로 민심이 요동치고 있었다.
수런은 학생들을 조직하여 혁명의 의미를 선전하여 동요하던 민심을 진정시켰다.

왕진파는 수련을 산콰이초급사범학당 교장, 판아이눙을 교무장으로 임명하고 독단적으로 전횡하지 않고 여러 사람들과 함께 의논하며 일을 하겠다고 했다.

새로운 정권에 대한 여론을 조성하기 위해 수런은 청년들의 『웨둬일보』(越鐸日報)
창간을 지지하고 창간호에 「『웨둬』 발간사」(『越鐸』出世辭)를 발표했다. 신해혁명
을 찬양하고 신문 창간의 목적이 자유롭게 표현하고 공화를 촉진하고 정치를 비
판하고 민중의 정신을 진작시키는 것임을 밝혔다.

왕진파는 정규교육을 받지 않은 이른바 '녹림대학' 출신으로 문화적 수준이 높지
않았음에도 불구하고 여러 국면을 두루 살피고 여론을 새겨듣는 편이었다. 그런
데 신사(紳士)들이 찾아오고 높이 치켜세우자 금방 모든 것을 망각하고 민중들의
고혈을 짜내기 시작했다. 수련은 간절히 사오싱을 떠나고 싶었다.

1912년 1월 1일 난징에서 쑨중산(孫中山)이 임시대총통에 취임하고 난징임시정부가 성립되었다. 차이위안페이가 교육총장에 임명되었다. 쉬서우창은 저장양급사범학당을 떠나 난징임시정부 교육부에서 비서장으로 일했다.

차이위안페이는 교육총장으로 임명되자마자 교육부의 부서 조직 작업에 들어갔
다. 쉬서우창은 차이위안페이에게 수런을 추천했고 차이위안페이는 수런의 학문
과 인격에 대해 익히 들은 바가 있기 때문에 흔쾌히 교육부의 직원으로 초빙했다.

1912년 2월 중순 수런은 산콰이초급사범학당 교장을 그만두고 사오싱을 떠나 난징에 도착했다.

중국에는 급격한 변화가 일어나고 있었다. 베이양(北洋)군벌 위안스카이(袁世凱)가 외국 세력의 지지를 업고 쑨중산에게 군대를 보내 담판을 강요하며 총통에서 물러나라고 위협했다. 또 다른 한편으로는 국내의 형세를 핑계로 청 황제의 퇴위를 압박했다. 2월 12일 청 황제 푸이(溥儀)는 퇴위조서를 반포하고 위안스카이에게 임시공화정부를 조직할 수 있는 권리를 부여했다.

2월 15일 참의원은 위안스카이를 중화민국 임시대총통으로 선출했다. 위안스카이는 정부를 장악하기 좋도록 자신의 세력범위를 벗어나지 않고 베이징에서 대총통에 취임하겠다고 했다. 또한 차오쿤(曹錕)으로 하여금 '쿠데타'를 일으키게 하여 쑨중산이 이끄는 난징정부를 위협했다.

위안스카이의 위협 아래 난징정부는 3월 6일 위안스카이가 베이징에서 총통에 취임하는 것에 동의했다. 동시에 법률적으로 위안스카이의 권력을 제한하기 위해「중화민국임시약법」(中華民國臨時約法)을 공포했다. 3월 10일 위안스카이는 베이징에서 취임을 선서했다.

1 저장양급사범학당
2 1910년 1월 저장양급사범학당에서
교사들과 함께 찍은 사진
(앞줄 오른쪽에서 세번째가 루쉰)

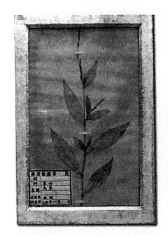
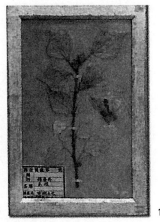
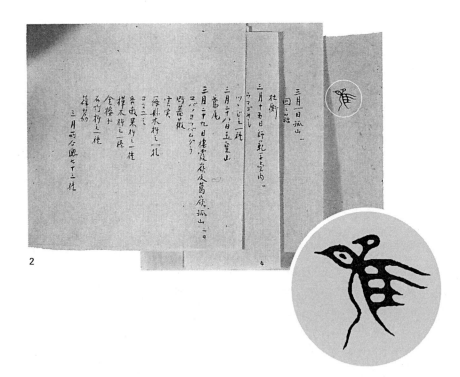

1 루쉰이 만든 식물표본 2 식물표본 수고와 루쉰이 그려 넣은 불새 도안
3 난징임시정부 교육부 4 저장성 사오싱부중학당

3

4

베이징 시대

1912. 5 ~ 1926. 8

4월 1일 쑨중산이 대총통에서 물러났다. 4월 2일 참의원은 어쩔 수 없이 임시정부를 베이징으로 옮기기로 결정하고, 난징 교육부도 정부를 따라 베이징으로 옮겼다. 5월 초 수런도 교육부를 따라 베이징으로 갔다. 가는 길은 온통 황토로 뒤덮여 있었다.

수런은 홀로 쉬안우먼(宣武門) 밖 난반제후퉁(南半截胡同)에 있는 신콰이읍관(후에 사오싱현관으로 이름을 바꿈)에 들어갔다. 베이징에서 관직 생활을 하던 사오싱 사람들이 출자해서 만든 것으로 동향 사람들의 임시 거주지로 제공했다. 교육부는 청조 학부(學部) 건물 안에 들어섰고 학부 관리들이 대거 민국의 교육부에서 일하게 되었다.

5월 8일 수런은 교육부 사회교육사(社會敎育司) 제2과 과장으로 취임했다. 제2과
는 주로 도서관, 박물관 등 사회교육 업무를 관리했다.

그런데 예산 부족으로 업무를 진행할 도리가 없었다. 날마다 출근부에 서명하는 것 말고는 할 수 있는 일이 없었다. 수런은 "온종일 우두커니 앉아 있자니 너무나 따분해"서 불교와 역사를 공부하기 시작했다.

그는 장타이옌 등으로부터 학문적인 자극을 받아 불교의 모든 종파의 주요 경전을 깊이 있게 연구했다. 쉬서우창의 말에 따르면 그는 "다른 사람들이 따라할 수 없을 만큼 열심히 공부했다." 이와 더불어 도교와 이슬람교도 공부했다.

그는 종교에 미혹되지는 않았다. 종교의 가르침을 문화로 간주하고 인류의 사상 발전의 사료로 읽으면서 그것의 의미를 흡수하고 새로운 지식을 쌓아갔다. 그는 쉬서우창에게 말했다. "석가모니는 위대한 철인(哲人)이라고 할 수 있네. 평소 인생에 대해 해결하지 못하는 문제가 많이 있었는데, 그는 놀랍게도 일찌감치 대부분의 문제에 대하여 분명히 깨달은 바가 있더군. 진정으로 위대한 철인이네." 이후 그의 글쓰기에 불교 용어가 많이 인용되었다.

일요일이면 수런은 류리창(琉璃廠)으로 가 고적, 비첩, 묘지명, 벽화, 와당문자, 탁본 따위를 수집했다. 퇴근하고 숙소로 돌아와 고서를 교감하고 집록하면서 참기 어려운 슬픔을 풀어내고 심리적 안정과 균형을 얻을 수 있었다.

공교(孔教)를 주장하는 세력이 창궐하자 차이위안페이는 "종교교육을 폐지하고 미육(美育)교육을 제창하자"고 했다. 차이위안페이의 영향 아래 수런도 미육을 주장하고 전인적 소질의 향상을 주장했다. 글을 발표하기도 하고 교육부 주관의 하계강연회에 예술론 강좌를 개설하기도 했다.

사람들은 수런의 호소를 이해하지 못했다. 강의에서 열광적인 반응을 끌어내지도 못했을 뿐만 아니라 임시교육회는 미육 항목을 삭제해 버렸다. 수런은 분노에 겨워 일기를 썼다. "개돼지 같은 놈들, 불쌍하고 불쌍하도다!"

1912년 7월 사오싱에서 부음이 전해졌다. 강직한 천성을 가진 좋은 친구 판아이눙이 익사했으며 사인은 알 수 없다는 것이었다. 수런은 비통에 잠겨 「판군을 애도하며」(哀範君三章)를 써서 벗을 애도하고 추악한 사회를 통렬히 비판했다. "옛 친구는 구름처럼 흩어져 버렸고, 나는 또한 가벼운 먼지와 다름없네."

• 위 그림에 적혀 있는 시는 「판군을 애도하며」의 일부이다. "비바람이 부는 날 판아이눙을 그리워한다. 희끗하고 듬성듬성 빠진 머리로 약삭빠른 이들을 흘겨보고, 세상살이에 가을 씀바귀의 쓴맛을 보면서도 사람들 사이에서 끝까지 곧은 길을 걸어가더니, 어찌하여 3월의 이별로 자유로운 그대를 그만 잃게 되었는지."

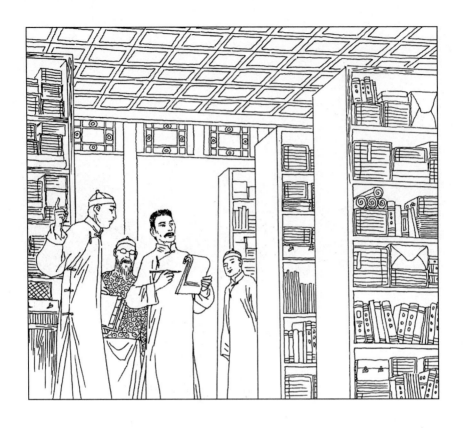

1913년 수런은 경사(京師)도서관 업무를 맡았다. 당시의 국립도서관으로 청 정부가 장즈둥(張之洞)에게 세우도록 명한 것이었으나 제대로 완성되지 못한 상태였다. 베이징정부가 들어서고 장한(江瀚)을 관장으로 임명했으나 바로 다른 부서로 옮겼기 때문에 사회교육사의 사장(司長) 샤쩡유(夏曾佑)가 관할하고 있었다. 실질적인 업무는 모두 수런이 책임졌다.

수런은 백방으로 뛰어다녔다. 경사도서관은 몇 번 자리를 옮기고 여러 차례 자료를 새로 정리했다. 러허성(熱河省) 원진거(文津閣)에서 소장하고 있던 『사고전서』(四庫全書)를 비치하면서 중국의 현대식 국립도서관이 처음으로 규모를 갖추게 되었다. 수런의 입장에서는 도서를 열람하고 『당송전기집』(唐宋傳奇集) 편찬 작업을 끝내는 데 좋은 조건을 제공해 주는 공간이기도 했다.

수런은 이와 동시에 중국역사박물관 건립 준비를 주관했다. 성공적인 건립을 위해서 여러 해 심혈을 기울이고 자신이 소유한 문물을 기증했다.

수련은 독일 라이프치히 만국박람회 참가 준비를 위하여 밤을 새워 문물을 지키기도 했다. 그는 사실상 중국 현대 국립박물관의 창시자라고 할 수 있다.

1913년 수런은 중국어발음 통일작업에 적극적으로 참여했다. 많은 사람들이 중국어발음을 통일하기 위한 다양한 방안을 제시했다. 최종적으로 수런, 주시쭈(朱希祖), 쉬서우창, 마위짜오(馬裕藻), 첸다오쑨(錢稻孫) 등이 연명으로 제출한 주음자모방안이 표결을 거쳐 통과되었다. 주음자모방안은 중화인민공화국 건립 이후 중국어 병음방안이 만들어지기 전까지 거의 반세기 동안 중국어 발음표기체계로 통용되었다.

3월 상하이에서 쑹자오런(宋敎仁)이 위안스카이가 보낸 자객에 의해 피살되었다. 그는 위안스카이 타도를 주장한 동맹회의 회원이자 국민당 대리이사장이었다. 위안스카이의 만행은 각계의 진보적 인사들의 강렬한 반항을 불러일으켰다. 쑨중산은 '2차 혁명'을 발동하고 위안스카이 토벌에 나섰다.

8월에 2차 혁명이 실패로 끝나고 장타이옌이 연금되었다. 수런은 첸량후퉁(錢粮胡同)에 있는 장타이옌을 수차례 찾아갔다. 의기소침해하는 수런을 보고 붓글씨로 격려했다. "변화는 한결같고, 낡은 틀에 매이지 않는다. 골짜기가 있으면 골짜기를 채우고 구덩이가 있으면 구덩이를 채운다."(『장자』莊子의 「천운」天運)

수런은 고서와 고비석을 베끼기 시작했다. 사오싱에서 교직생활을 할 때부터 고
서를 베껴왔다. 『콰이지군 고서 잡집』(會稽郡故書雜集), 『고소설구침』(古小說鉤沉)
은 모두 사오싱 시기에 베낀 것들이다. 난징에서는 『심하현 문집』(沈下賢文集)을
베꼈고, 베이징에서는 『설부』(說部), '타이저우총서'(台州叢書) 등 총서의 일부분,
『혜강집』(嵆康集), 그리고 많은 수량의 고 비첩을 베껴 썼다.

1915년 1월 일본 제국주의는 중국을 독점하기 위해 위안스카이에게 '21개조'를 제안했다. 위안스카이의 황제제도 부활을 지지하는 교환조건이었다. 위안스카이는 일본 측과의 비밀회담을 위해 외교총장 루정샹(陸徵祥), 차장 차오루린(曹汝霖)을 파견하여 일본의 요구를 받아들일 준비를 하고 있었다.

이와 같은 소식이 전해지자 전국적으로 반대여론이 비등했다. 각 지방의 민중들은 잇달아 집회를 열고 일제불매운동을 전개했다. 수련은 시대의 흐름에 역행하는 위안스카이의 행위에 코웃음을 쳤다. 이듬해 6월 6일 위안스카이는 그의 토벌을 외치는 전국적인 함성 소리 속에 숨을 거두었다. 그러나 중국의 정계는 정권 쟁탈을 위한 활극이 이어졌다.

1915년 9월 천두슈(陳獨秀)가 주편하는 『청년잡지』(靑年雜誌)가 상하이에서 창간되었다. 『신청년』(新靑年)의 전신인 이 잡지는 왕성하고 진취적인 기상으로 복고적인 간행물과 판이하게 달랐다. 『청년잡지』의 탄생은 5·4 신문화운동의 시작을 상징하고 수런이 중국 신문화운동에서 두각을 드러낼 것을 예시하는 사건이었다.

같은 달 수런은 교육부 통속교육위원회 소설분과 주임으로 임명되었다. 그는 통속소설의 비평기준에 대해 많이 고민하게 되었고 이것이 훗날 그의 소설 창작에 도움이 되었다.

1917년 차이위안페이가 베이징대학 총장이 되었다. "자유사상의 원칙을 준수하고 총망라주의를 채택한다"는 그의 생각으로 베이징대학은 신문화 전파의 주요 진지가 되었다.

『청년잡지』를 본 차이위안페이는 천두슈의 견해가 상당 부분 자신의 생각과 부합한다고 느꼈다. 천두슈를 베이징대 문과학장으로 초빙하고 『신청년』을 학교에서 발행해도 좋다고 했다. 이렇게 해서 『신청년』 편집부는 베이징으로 옮겼다.

이해 4월 수런은 차이위안페이에게 쭤런의 일자리를 부탁했다. 이렇게 해서 쭤런
은 베이징대에 초빙되었다. 5월 수런은 쭤런과 사오싱현관 안의 텅화관(藤花館)에
서 부수서옥(補樹書屋)으로 옮겼다. 7월 장쉰(張勛)의 복벽으로 다시 군주제가 시
행되고 거리에는 '변발군'으로 가득 찼다. 수런은 이와 같은 퇴보현상에 대해 분노
하며 사직했다. "침묵이여, 침묵이여! 침묵 속에서 폭발하지 않으면 침묵 속에서
멸망할 것이다."

어느 여름날 밤 수련은 뜰에 앉아 고비석 탁본을 베끼고 있었다. 그의 오랜 친구 첸 쉬안퉁(錢玄同)이 찾아왔다. 일본 유학 시절 장타이옌에게 『설문해자』(說文解字) 를 함께 배웠다. 베이징대학과 베이징사범대학에서 교수 겸 국문과 주임을 지냈 으며 5·4 신문학운동의 대표적 인물이다.

첸쉬안퉁은 들고 있던 가죽가방을 탁자 위에 내려놓고 장삼을 벗고 수런을 마주
보고 앉았다. 개를 무서워해서 아직도 심장이 쿵쿵 뛰는 것 같았다. "이런 것들을
베껴서 뭐에 쓰려고 하는가?" 그는 수런이 베낀 탁본을 뒤적거리며 물었다. "아무
소용도 없지." "그렇다면, 자네는 무슨 뜻으로 그것들을 베끼고 있는가?" "아무 뜻
도 없네."

"내 생각에는 자네가 글을 써 보는 것도 괜찮을 듯하네……." "철방이 있다고 하세. 창문이라고는 없고 절대로 부술 수도 없다네. 안에는 깊이 잠든 사람들이 많이 있고 머잖아 숨 막혀 죽을 상황이고. 그런데 혼수상태에서 죽음으로 들어가고 있기 때문에 죽음의 비애를 느끼지 못한다네. 지금 자네가 크게 소리 질러 상대적으로 맑은 정신을 가진 몇몇 사람을 깨운다면, 이 불행한 소수는 돌이킬 수 없는 고초를 겪게 될 것일세. 자네는 그들에게 미안하지 않겠는가?"

첸쉬안퉁이 설득했다. "그런데 몇 사람이라도 깨어난다면, 자네는 이 철방을 부술 희망이 전혀 없다고 말하지는 못할 걸세." 수런은 희망을 말살해서는 안 된다고 믿고 있었다. 마침내 수런은 『신청년』에 원고를 쓰기로 약속하고 리다자오(李大釗) 등과 함께 『신청년』 편집에 참가했다.

1918년 5월 수런은 '루쉰'이라는 필명으로 소설 「광인일기」(狂人日記)를 『신청년』
에 발표했다. 중국현대문학사에서 성숙한 백화문으로 쓴 최초의 단편소설이었다.
깊이 있는 주제와 참신한 예술적 구성, 기이하고 대담한 표현으로 주목을 받았다.
'루쉰'이라는 필명은 이때부터 널리 퍼지게 되었다.

「광인일기」는 가족제도와 예교(禮教)의 폐해를 폭로하고 봉건사회의 '식인'(吃人)의 본질을 드러내고 있다. 루쉰은 "걷잡을 수 없는" 글쓰기의 욕망으로 잇달아 수십 편의 소설을 창작하고 동시에 수많은 잡문을 발표하여 문학혁명의 실질적 성과를 보여 주었다. 이렇게 해서 루쉰은 5·4 신문학운동의 주장(主將)이 되었다.

1919년 5월 4일 베이징대학의 3천여 명의 학생들이 톈안먼(天安門) 앞에서 집회를 열고 시위를 했다. 파리회의에서 치욕스런 행태를 보인 중국정부를 고발하기 위해서였다. 이들은 "밖으로는 주권을 쟁취하고 안으로는 매국노를 징벌하자", "21개조 취소" 등의 구호를 외쳤다. 마침내 5·4운동이 폭발한 것이다. 분노한 학생들은 차오루린의 저택을 불태웠다.

5·4운동은 중국의 혁명적 지식인을 교육하고 혁명사상의 전파를 추동했으며 민주, 과학, 그리고 각종 선진적인 사회학의 보급을 가속화시켰다. 루쉰은 「온다」(來了), 「현재의 도살자」(現在的屠殺者), 「인심이 옛날과 똑같다」(人心很古), 「성무」(聖武) 등의 수감록을 잇달아 『신청년』에 발표했다. 학생들의 애국주의 운동에 대한 당국의 탄압과 새로운 현상에 대한 민중들의 우매한 태도에 대해 날카롭고 신랄하게 공격했다.

같은 해 가을 루쉰은 베이징 시쓰궁융쿠(西四公用庫) 바다오완(八道灣) 11호 집을 샀다. 새로 수리해서 11월에 들어갔다. 저우쭤런이 데리고 온 아내, 아내의 동생 하부토 시게히사(羽太重久)와 함께였다. 연말에는 옛집을 팔고 어머니와 주안, 저우젠런 등 가족 모두를 베이징으로 데리고 오기 위해 사오싱으로 향했다.

루쉰은 자신의 고향과 어린 시절의 친구, 고향사람들을 마지막으로 만났다. 고향
의 쇠퇴, 세상사의 변화, 세태의 야박함이 한없이 안타까웠다. 훗날에 쓴 소설「고
향」(故鄕)은 이 마지막 귀향을 소재로 한 것이다.

이어진 3년 동안 루쉰은 자신의 가족생활 가운데 가장 행복한 시기를 보냈다. 루쉰은 쬐런 일가를 진심으로 사랑했다. 수입은 고스란히 그의 제수 하부토 노부코에게 넘겨주고 생활비 지출을 전담하도록 했다. 외출하고 돌아올 때면 늘 조카들에게 줄 먹을거리를 사들고 왔다. 아이들은 가족의 생활과 기쁨의 중심이었다.

1920년 천왕다오(陳望道)는 『공산당선언』을 번역, 출판하고 루쉰에게 한 권을 증
정하며 가르침을 청했다. 이를 읽어 본 루쉰은 여기저기 분분한 의론이 있었지만
아직 중국에 제대로 소개된 적이 없는 이른바 '급진주의'가 들어왔다고 생각했다.
그는 이렇게 말했다. "사람들로 하여금 사건의 진상을 알게 해 줍니다. 사실 이것
이 지금 가장 긴요한 일입이다."

이해부터 교육부의 교원에 대한 임금체불이 심각해졌다. 루쉰은 임금청구운동에
참여했다. 당국은 임금 지불을 계속 미루어 2년 6개월 동안이나 임금을 지급하지
않았다.

저우쭤런의 아내는 돈을 물 쓰듯 썼다. 가정경제는 어려워졌고 루쉰은 하릴없이
여러 대학을 떠돌며 강의를 해야 했다.

8월부터 베이징대학 강의를 필두로 대학과 중학 모두 일곱 군데에서 강의를 했다. 그의 중국소설사와 문예이론 강의는 학생들의 환영을 받았다.

1921년 후스는 "지나치게 선명한 색깔"을 띠지 않도록 "정치에 대해 이야기하지 않는다"라고 하는 성명을 『신청년』에 발표했다. 루쉰, 리다자오 등은 모두 반대를 표명했다. 후스는 『신청년』이 거의 소비에트러시아의 중국어판이 되어 버렸다고 보고 따로 다른 간행물을 만들 작정이었다. 루쉰은 『신청년』의 분열이 불가피하고 "차라리 갈라지도록 내버려 두는 것"이 오히려 낫다고 판단했다.

후스 등은 『신청년』을 나가 1922년에 『노력주보』(努力週報)를 만들었다. 천두슈는 루쉰, 저우쭤런이 계속해서 『신청년』을 지지해 줄 것을 희망했고 루쉰은 기쿠치 간(菊池寬)의 역사단편소설 「미우라 우위문의 최후」(三浦右衛門的最後) 등의 작품을 발표했다.

『신청년』은 이렇게 해서 흩어졌다. 높이 올라간 사람도 있고 뒤로 물러난 사람도
있었다. 신문화 진영은 분산되었고 루쉰은 "홀로 남은 병사"가 되었다. 그는 또 한
차례 실패를 경험한 것이다. 그의 정서는 점점 가라앉았고 또다시 깊은 번민과 생
각 속에 빠져들었다.

러시아의 맹인 시인 예로센코(Vasilli Eroshenko)가 나타났다. 루쉰은 그에게서 새
로운 뜨거운 격려를 느꼈다. 우크라이나 사람으로 유년에 앓은 소아마비로 두 눈
모두 실명했다. 1914년부터 잇달아 일본, 태국, 미얀마, 인도 등지를 유랑했으며,
1921년에는 '위험한 사상을 선전했다'는 죄명으로 일본 정부에 의해 추방되었다.
그는 1922년 2월 정전둬(鄭振鐸), 겅지즈(耿濟之)와 함께 상하이에서 베이징으로
와 루쉰의 집에서 머물렀다.

4부 베이징 시대

박애사상을 가진 시인 예로센코는 제국주의의 침략과 전제제도를 반대하고 생명을 사랑했다. 루쉰은 그가 "미의 감정과 순박한 마음을 지니고 있"고 "그저 몽환적이고 순백하며 원대한 포부를 가지고 있다"고 느꼈다. 그는 루쉰의 마음을 따뜻하게 했다.

예로센코의 작품은 인류에 대한 평화, 안녕, 박애의 지향과 추구로 충만함에도 불구하고 동시에 강렬한 우환의식을 반영하고 있다. 이것은 루쉰의 사상과 부합되는 점이 많았다. 루쉰은 그의 동화 여러 편을 번역하여 중국 최초의 예로센코 소개자가 되었다. 루쉰의 소설「오리의 희극」(鴨的喜劇)은 예로센코가 그의 집에 머물렀던 경험에 근거한 것이다.

　　　　　　　　　　　　　　　　　4부 베이징 시대

1921년 12월 「아Q정전」(阿Q正傳)이 『천바오 부간』(晨報副刊)에 연재되기 시작했다. 이 소설은 루쉰이 여러 해 가슴 속에 쌓아 두고 있던 이야기이다. 신해혁명 시절에 경험한 혁명에 대한 맹목적 요구와 무지몽매함으로부터 국민성의 약점을 보았다. 그는 소설 주인공 아Q의 운명을 통하여 중국인의 병적 심리——'정신승리법'——를 깊이 있게 드러냈다.

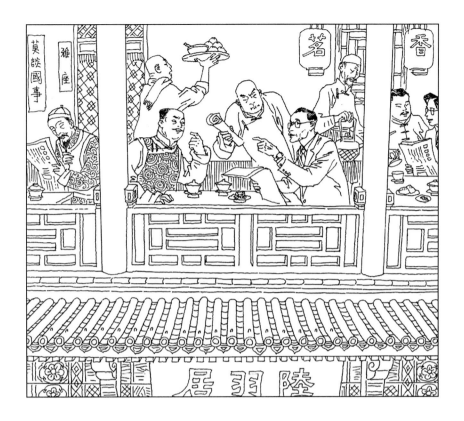

소설은 등장인물의 전형적인 성격을 성공적으로 그리고 중국인의 영혼을 너무나 생생하게 묘사하고 있었다. 많은 사람들은 등장인물이 자신이나 혹은 잘 아는 지인에 대해 말하고 있다고 의심하며 옥신각신했다. 어떤 사람들은 자신을 묘사한 것이라고 지레짐작하고 안절부절못하기도 했다.

프랑스 작가 로맹 롤랑(Romain Rolland)은 「아Q정전」을 읽고 다음과 같이 생각했
다. "「아Q정전」은 탁월한 예술작품이다. 그 증거는 두번째 읽으면 처음보다 훨씬
좋다고 느껴진다는 것이다. 이 가련한 아Q의 형상은 종내 기억 속에 남게 된다."
「아Q정전」은 20세기 중국문학과 세계문학의 결출한 작품이 되었다.

1923년 루쉰은 천두슈의 의견에 따라 1918년부터 1922년까지 발표한 소설을 『외침』(呐喊)으로 묶어 출판했다. 「광인일기」, 「쿵이지」(孔乙己), 「약」(藥) 등 소설 14편을 수록했다. 소설에 표현된 풍부한 생활과 깊이 있는 사상, 그리고 사람의 마음을 꿰뚫고 움직이게 하는 예술적 역량은 중국 현대문학사에서의 루쉰의 위치를 결정했다.

이해 7월 루쉰은 저우쭤런과 충돌했다. 오랜 시간 두 사람은 사이좋은 형제였다. 저우쭤런의 아내 하부토 노부코는 생활비를 절약할 줄 몰랐다. 식탁에 놓인 요리가 입맛에 맞지 않으면 다시 한 상을 차리게 했고 아프기라도 하면 병원에 가지 않고 번번이 일본인 의사를 집으로 불렀다.

교육부와 각 학교는 모두 임금체불이 심각했다. 루쉰은 하릴없이 여기저기 빚을 져야 했다. 힘들게 돈을 빌려 인력거를 타고 집으로 돌아오면 일본인 의사의 자동차가 출발하고 있었다. "내가 인력거를 타고 가지고 오는 돈으로 어떻게 자동차로 가져가는 것에 맞출 수 있겠는가?"

빚에 기댄 생활은 옷깃을 여미면 발꿈치가 보이는 남루하기 그지없었다. 하부토
노부코는 경제적으로 불만스러우면 루쉰에게 화를 냈다. 심지어 루쉰이 그녀에게
무례하게 굴었다고 모함하기도 했다. 그녀의 말을 믿은 저우쭤런은 무턱대고 루
쉰을 비난했다.

문제가 더 커지기 전에 루쉰은 분한 마음으로 비다오완을 나왔다. 쉬친원(許欽文), 쉬셴쑤(許羨蘇) 오누이의 소개로 시쓰촨타후퉁(西四磚塔胡同) 61호에 방을 빌렸다.

　　　　　　　　　　　　　　4부 베이징 시대

주안은 루쉰을 지지하며 "당신이 계실 곳도 집안일 할 사람이 필요할 터이니 저도
이사 가겠어요"라고 하며 함께 좐타후퉁으로 옮겼다.

형제간의 불화로 가슴이 사무친 루쉰은 마침내 쓰러지고 말았다. 폐병이 처음으로 발작한 것이다. 한 달 남짓 병상에 누워 있었다. 이듬해 3월 다시 한 달여 폐병을 앓았다.

1923년 7월부터 루쉰은 베이징여자고등사범학교의 교원으로 임용되어 소설사를 강의했다. 이듬해에는 교수로 임용되었다. 이 학교 총장은 쉬서우창이었다. 1924년 2월 쉬서우창이 사직하고 양인위(楊蔭楡)가 이어받았고, 같은 해 5월 베이징국립여자사범대학(약칭 '여사대')으로 개명했다.

여시대는 사상 의식이 대단히 높은 학교였다. 학생들은 자주 강연회와 여러 형식의 문예활동을 조직했다. 루쉰은 쉬광핑(許廣平) 등 새로운 사상을 받아들인 여학생들을 만났다. 여성해방 문제에 관해 한층 더 관심을 기울이게 되었다.

12월 26일 그는 여사대 문예회에서 「노라는 집을 떠난 후 어떻게 되었는가?」(娜拉
走後怎樣)라는 제목으로 강연을 했다. 여성해방과 남녀평등사회의 건립은 "집을
떠나"는 것으로 해결되지 않고 경제제도에서 생겨나는 사회문제가 해결되지 않
으면 집을 떠난 노라는 "타락하지 않으면 되돌아올" 수밖에 없다고 했다.

얼마 뒤 루쉰은 소설 「축복」(祝福)을 썼다. 여주인공 샹린댁(祥林嫂)의 운명을 통하여 봉건제도와 구예교의 속박 아래에 있는 여성의 비참함과 무력함, 그리고 곤경에 빠진 사람에 대한 인정의 야박함을 반영하고, 여성의 지위에 대한 사회적·역사적 원인을 깊이 있게 그렸다.

5·4 신문화운동은 퇴조하고 있었고 루쉰은 깊은 생각과 고민 속에 있었다. 여전히 적지 않은 소설과 산문시를 쓰고 있었다. 그러나 루쉰 스스로 "전투의 의지가 적지 않게 식었다"라고 느끼고 있었다. 이때 쓴 작품은 훗날 소설집 『방황』(彷徨)과 산문시집 『들풀』(野草)로 묶여졌다.

1924년 5월 25일 루쉰은 좐타후퉁에서 푸청먼(阜成門) 안 궁먼커우(宮門口) 시싼
탸오후퉁(西三條胡同) 21호로 옮겼다. 좐타후퉁에서 지내면서 편히 머물 곳을 계
속 찾아다녔던 것이다. 1923년 말 친구에게 800위안을 빌려 집을 사고 병중에도
집수리를 도맡아 지휘했다. 이후 1926년 8월 베이징을 떠날 때까지 어머니, 주안
과 함께 이 작은 사합원(四合院)에서 생활했다.

루쉰은 북쪽에 있는 $6m^2$의 작은 방에서 홀로 생활했다. 보통 사합원 건물에는 없
는 뒤쪽으로 돌출된 방이었다. 그는 우스개로 '호랑이 꼬리'라고 하기도 하고 '잿
빛 막사', '녹림서옥'이라고 이름을 붙이기도 했다. 이곳은 루쉰의 서재이기도 했
다. 안쪽 창문을 열면 이웃집 뜰의 대추나무 두 그루가 보였다.

방은 아주 단순하게 꾸몄다. 칠이 벗겨진 낡은 책상은 글 쓰는 곳이고 안쪽 창문 쪽
에 두 장의 긴 의자를 이어 붙여 휴식을 위한 침대로 만들었다. 얇은 이불 한 장과
침대 아래에는 언제라도 피난 갈 수 있도록 여행용 바구니가 있었다. 그는 말했다.
"생활이 지나치게 편안해지면, 일이 방해받게 된다."

4부 베이징 시대

　루쉰의 방은 청년 학생들이 즐겨 드나드는 곳이 되었다. 루쉰의 어머니 루루이(魯
瑞)는 생각이 열려 있었기 때문에 청년들과 만나기를 좋아했고 흉허물없이 지냈
다. 청년들은 루쉰을 '큰 선생님', 루루이를 '큰 사모님'이라고 친근하게 불렀다.

7월 루쉰과 베이징에 있는 일군의 학자들이 산시성(陝西省) 교육청과 시안(西安)
시베이(西北)대학의 초청으로 시베이대학에서 하계강연을 했다. 초청을 수락한
까닭 중에 하나는 서북지방에 신문화를 전파하기 위해서이기도 했고 다른 하나는
장편소설 『양귀비』(楊貴妃)를 쓰기 위하여 서북지방의 인문(人文)과 풍물을 관찰
하고 자료를 수집하기 위해서였다.

루쉰은 시안에서 여드레간 열한 차례 강연을 했다. 훗날 이 강연을 정리하여 『중국
소설의 역사적 변천』(中國小說的歷史的變遷)이라는 책을 썼다. 동료 학자들과 함
께 이쑤사(易俗社)의 신극 공연을 관람했다. 외진 서북지방에 있는 이쑤사에서 풍
속 개량과 사회 개조를 주장하는 연극을 공연하는 것은 매우 소중한 일이라고 생
각했다. 루쉰은 '오래된 곡조를 독창적으로 연주하다'(古調獨彈)*라는 편액을 써
서 이쑤사에 선물했다.

• '시대에 뒤떨어진 것은 세상의 환영을 받지 못한다'라는 것을 뜻하는 '낡은 곡조는 연주하지 않는다'(古調不
  彈)라는 성어를 고쳐 쓴 말이다.

강연하는 틈틈이 명승고적을 유람하고 고도(古都)의 풍광이 담고 있는 역사적 의미를 맛보았다. 그러나 시안은 그가 상상했던 양귀비와 당 명황(明皇)의 이야기와 전혀 달랐기 때문에 창작의 충동이 사라졌다.

시안에서 베이징으로 돌아오니 베이징여사대의 학생시위는 심각한 상황이었다. 총장에 취임한 양인위가 지지자를 끌어들이고 반대파를 배척하자 교원들 사이에 불만이 팽배해졌다. 4월 28일 15명의 교사들이 사직했다. 5월에 학생자치회는 루쉰 등에게 나서서 해결해 줄 것을 요청했다. 루쉰은 아무런 성과를 거두지 못했다. 이에 학교를 그만두기로 마음먹었으나 학생들이 만류했다.

루쉰 등이 시안에서 강연을 하고 있을 때 쑨푸위안(孫伏園)이 편집하던 『천바오 부간』에도 일이 생겼다. 신임편집인이 쑨푸위안과 루쉰이 함께 시안에 간 틈을 타 벌써 조판에 넘긴 루쉰의 시 「나의 실연」(我的失戀)을 편집에서 제외시켜 버렸다. 쑨푸위안이 돌아와 이 사실을 알고 화가 나서 싸움을 하고 사직해 버렸다.

11월 2일 쑨푸위안, 저우쭤런, 첸쉬안퉁, 리샤오펑(李小峰), 장팅첸(章廷謙), 장사
오위안(江紹原), 구제강(顧詰剛) 등은 베이징 둥안(東安)시장에 있는 채식식당에
모여 잡지 창간에 대해 논의했다. 잡지의 이름을 짓기 위해 자전을 가져와 아무렇
게나 두 곳을 펴서 임의로 글자 두 개를 찍었다. 공교롭게도 '위쓰'(語絲) 두 글자였
고 새 잡지의 이름이 되었다.

17일 『위쓰』 주간이 창간되었다. 주요 필진은 루쉰, 첸쉬안퉁, 장사오위안, 쑨푸위안, 린위탕(林語堂), 저우쮀런 등 16명이었다. 『위쓰』의 특징은 자유롭게 말하고 거리낌 없이 사상의 자유와 독립적 판단 그리고 미의 생활을 제창하는 것이었다. 처음에는 저우쮀런이 편집하다가 베이양(北洋)정부˙에 의해 금지되자 154기 이후로는 상하이로 옮겨 루쉰 등이 편집했다.

• 베이양정부는 1912~1928년까지 베이양군벌이 장악한 중화민국 베이징정부에 대한 통칭으로 1925년 쑨중산 지도 아래 국민당이 남방에서 세운 광저우(廣州)국민정부와 구분된다.

4부 베이징 시대

『위쓰』가 창간되고 얼마 안 있어 베이징에는 또 다른 잡지『현대평론』(現代評論)
이 창간되었다. 주편은 왕스제(王世杰)였고 주요 필진은 후스, 천시잉(陳西瀅), 쉬
즈모(徐志摩), 가오이한(高一涵), 탕유런(唐有任) 등으로 이른바 '현대평론파'의 진
지였다.『위쓰』와『현대평론』은 점차 대치국면을 형성하게 된다.

1925년 여사대의 학생시위는 더욱 격렬해졌다. 양인위는 '과부주의'[•] 정책을 시
행하고 학생들을 가장(家長)의 방식으로 관리했다. 3월 12일 쑨중산이 사망하자
학생들의 추도활동 참가를 금지했다. 이 일은 학생들의 거대한 분노를 자극했다.

• 교육부장 장스자오(章士釗)가 '풍속 교화를 해치'는 일의 발생을 미연에 방지한다는 명목으로 남녀공학을
반대하고 학생운동이 일어나고 있는 베이징여자사범대학의 폐교를 요구하자, 루쉰은 이를 '과부주의'라고
조롱했다.

학생들은 총장 양인위의 축출을 결의했다. 양인위는 베이양정부를 등에 업고 쉬 광핑, 류허전(劉和珍), 푸전성(蒲振聲), 장핑장(張平江), 정더인(鄭德音), 장보디(姜 伯諦) 등 6명의 학생간부에 대해 퇴학조치를 내렸다. 학생자치회는 긴급회의를 소 집하고 퇴학 결정의 무효와 양인위의 출교를 선언하는 공개서한을 발표했다.

• 그림 안의 대자보 내용은 다음과 같다. "양인위는 떠나시오. 양인위 선생은 주목하십시오. 우리들은 벌써부 터 선생이 총장 되는 것을 반대했습니다. 총장은 인격이 중요합니다. 교문을 넘어서지 말기를 바랍니다."

루쉰은 다른 6명의 교사들과 연명으로 학생에 대한 지지를 선언했다. 양인위가 사건의 진위를 뒤섞고 있다는 사실을 폭로하고 동시에 여론계의 무책임한 '식객 문장'•을 비판했다. 루쉰의 영향력을 본 당국이 사람을 보내 말했다. "시끄럽게 굴지 않으면 당신에게 총장 자리를 주겠습니다." 루쉰이 단호하게 거절하자 교육부는 그를 면직시켰다.

• 관료에게 빌붙어 지내는 문인을 '식객'이라고 하는데, 루쉰은 이들이 쓴 글을 '식객 문장'이라고 비판했다.

양인위는 당국의 지지 아래 싼허현(三河縣) 아줌마들을 동원하여 학생 축출을 강행하고 교사(校舍)를 장악했다. 여학생들의 짐을 학교 밖으로 내던지고 무력으로 끌어냈다. 몸 둘 곳 없는 여학생들은 뿔뿔이 흩어질 수밖에 없었다. 양인위는 여사대를 여자대학으로 전환했다.

루쉰은 린위탕 등 6명의 교사들과 함께 전체교사대회를 소집하여 '여자사범대학 교무유지회'를 조직하고 쭝마오후퉁(宗帽胡同)에 따로 교사를 마련해 강의를 시작했다. 각계 인사들의 지지를 받았다. 11월이 되자 교육부장 장스자오와 여자대학의 주요 인물들이 잇달아 행방을 감추었다. 마침내 승리한 학생들은 원래 학교가 있던 곳으로 돌아갔다. 루쉰도 소송을 통해 교육부의 직무를 회복했다.

학생시위를 거치면서 루쉰과 쉬광핑 사이에 두터운 감정이 생겨났다. 쉬광핑의 마음은 루쉰에 대한 존경에서 사모하는 감정으로 발전했다. 그녀는 대담하게 사모의 정을 드러냈다.

루쉰은 쉬광핑보다 17살이나 많았고 주안도 있기 때문에 주저했다. 그와 주안이 허울뿐인 부부라고 하더라도 전통적 관념에 따라 그는 하릴없이 주안과 함께 하는 것으로 "한평생 희생하여 4천 년의 묵은 장부에 대한 계산을 끝내"야 했다.

쉬광핑의 용감한 고백으로 루쉰은 마침내 깨달았다. "나도 사랑해도 돼!"

루쉰은 1925년 4월 『망위안』(莽原) 주간을 창간했다. 여사대에서 학생시위가 일어나자 청년들에게 "발언할 곳"을 제공하기 위해서였다. 그는 말했다. "나는 벌써부터 중국의 청년들이 일어나 중국의 사회와 문명에 대하여 거리낌 없이 비판하기를 희망하고 있었다." 『망위안』의 주요 동인으로 가오창훙(高長虹), 샹페이량(向培良), 샹웨(商鉞) 등이 있었다.

같은 해 8월 루쉰은 청년문학단체 웨이밍사(未名社)를 조직하여 외국 문학작품을
소개하는 데 주력했다. 특히 러시아와 소련의 문학을 중시했다. 주요 동인으로는
웨이쑤위안(韋素園), 리지예(李霽野), 타이징눙(台靜農), 웨이충우(韋叢蕪), 차오징
화(曹靖華) 등이 있었다. 루쉰은 웨이밍사에 많은 정성을 쏟았다. '웨이밍총간'(未
名叢刊), '웨이밍신집'(未名新集)의 주편을 맡고『망위안』을 이어받아 출판을 계속
하고『웨이밍』반월간을 창간했다.

여사대의 학생시위와 교육부의 면직에 대한 소송으로 루쉰은 분노와 피로가 쌓였고, 폐병이 재발했다. 그러나 루쉰은 병석에서도 글쓰기를 지속했다. 11월에 루쉰의 첫번째 잡문집 『열풍』(熱風)이 출판되었다. 여기에는 「인심이 옛날과 똑같다」, 「성무」, 「'눈물을 머금은' 비평가를 반대한다」(反對含淚的批評家) 등의 잡문이 수록되어 있다.

1926년이 되자 여사대의 학생시위가 일단락되었다. 그런데 위쓰파와 현대평론파
사이의 모순은 다시 첨예해졌다. 여사대 학생시위 중에 천시잉을 대표로 하는 현
대평론파는 '공정'(公正)이라는 구호를 들고 나왔다. 사실 그들은 교육당국과 양인
위의 식객이었다.

루쉰은 현대평론파의 본질을 폭로했다. 그들은 청년들로 하여금 "규범을 준수"하
도록 만들어 '천하태평'의 길로 인도하는 '산양'이라고 지적했다. 현대평론파는
"십 몇 년간 관직을 지낸 형벌담당막료"인 루쉰이 "사람들을 모함하"고 "불의의
화살을 쏘고 있다"고 비방했다. 뿐만 아니라 루쉰의 『중국소설사략』(中國小說史
略)이 일본 시오노야 온(鹽谷溫)의 저작의 표절이라고 모함하기도 했다. 루쉰은 일
련의 글에서 이에 대해 모두 반박했다.

3월 12일 일본 군함이 다구커우(大沽口)를 향해 진격했으나 펑위샹(馮玉祥)이 이
끄는 국민군의 반격으로 쫓겨났다. 일본 정부는 영국, 프랑스, 미국 등과 연합하여
돤치루이(段祺瑞) 정부에 최후통첩을 보내 다구커우의 군사시설을 철거하라는
등의 억지스런 요구를 했다. 돤치루이 정부의 타협 의사는 베이징 각계 인사의 강
력한 저항을 불러일으켰다. 3월 18일 톈안먼에서 집회를 열어 돤치루이 정부를 향
해 청원했다.

2천여 명의 시위대가 톈안먼에서 톄스쯔후퉁(鐵獅子胡同)으로 향했다. 여사대 학
생들이 시위대의 선두에 섰다. 돤치루이는 맨주먹의 군중을 향한 발포를 명령했
다. 사상자가 3백여 명에 이르렀다. 역사는 이를 일러 '3·18 참사'라고 명명했다.

루쉰의 학생이자 여사대 학생회 간부인 류허전(劉和珍)의 등에 총알이 적중했다.
그녀의 동학 양더췬(楊德群)도 총에 맞아 죽었다. 정부가 직접 총칼로 도륙한 사건
으로 민국 이래 최고로 많은 사상자를 냈다. 사람들을 더욱 분노케 한 것은 정부가
사전에 사망자를 위한 관을 준비하고 있었다는 사실이었다.

이 사건은 전 민중을 격분시켰고 각지에서 잇달아 당국을 비난했다. 3월 25일 여사대의 선생과 학생들은 류허전, 양더췬을 위한 추도회를 열었다. 추도회장 안팎은 슬픔과 분노로 뒤덮였다. 베이징 각계의 인사들이 소식을 듣고 달려와 참석했다. 여사대의 선생과 학생이 4백여 명, 일반 군중은 7천여 명에 이르렀다.

루쉰은 비분에 떨며 추도회장 밖에서 홀로 거닐고 있었다. 한 학생이 다가와 물었다. "선생님, 류허전을 위한 글을 쓰셨는지요?" 루쉰이 말했다. "안 썼네." 학생이 말했다. "선생님, 글을 쓰시지요. 류허전은 생전에 선생님의 글을 아주 좋아했어요."

"……." 그는 침묵했다. 집에 돌아와 루쉰은 이미 써 두었던 「꽃이 없는 장미」(無花的薔薇之二)를 이어 썼다. 거기에는 이런 말이 있다. "이것은 한 사건의 끝이 아니라 한 사건의 시작이다. 먹으로 쓴 거짓말은 피로 쓴 사실을 결코 가릴 수 없다. 피의 부채는 반드시 같은 것으로 갚아야 한다. 미루면 미룰수록 더 많은 이자를 지불해야 한다!" 닷새 후 루쉰은 「류허전 군을 기념하며」(記念劉和珍)를 썼다.

4부 베이징 시대

'3·18 참사' 후 당국은 리다자오, 쉬첸(許謙), 루쉰 등 50명을 비밀리에 지명수배했다. 루쉰은 피신하지 않을 수 없었다. 망위안사에 피해 있다가 야마모토(山本)병원, 독일병원, 프랑스병원으로 옮겼다. 6월 돤치루이 정부가 실각하고 장쭤린(張作霖)이 베이징에 진주하면서 수배령이 해제되어 비로소 피신 생활을 끝낼 수 있었다.

이때 루쉰의 두번째 소설집 『방황』(彷徨)이 출판되었다. 「축복」(祝福), 「비누」(肥皂), 「죽음을 슬퍼하며」(傷逝) 등 소설 11편을 수록했다. 『방황』에는 『신청년』 해산 이후 루쉰이 느꼈던 "홀로 남은 병사"의 "길은 아득히 멀다. 나는 장차 위아래로 모색하고자 한다"라는 마음이 반영되어 있다.

베이징의 환경은 날로 열악해졌다. 군벌의 혼전으로 정부는 주마등처럼 교체되었다. 그러나 남방에서는 북벌혁명*이 열화처럼 타오르고 있었다. 루쉰의 마음은 남방으로 이끌렸다. 루쉰과 쉬광핑의 감정도 벌써부터 깊어지고 있었다.

• 국민혁명군이 베이징의 군벌정권을 타도하기 위해서 일으킨 전쟁이다. 혁명은 남쪽에서 시작해서 북쪽으로 진행되었다.

1

2

1 쉬안우먼
2 교육부 정문

1 산콰이읍관과 후에 명칭을 바꾼 사오싱현관 2 사오싱현관 안의 부수서옥(補樹書屋)

3 바다오완 11호(1919~23년 거주)
4 시쓰촨타후퉁 61호와 북쪽 방

3

4

1

2

3

4

1 푸청먼 안 궁먼커우 시싼타오후퉁
21호(1924~26년 거주)
2 '호랑이 꼬리' 실내
3 베이징대학 훙루(紅樓)와 루쉰이
도안한 베이징대학 교휘
4 베이징사범대학

1

2

3

4 5

1 2 베이징여자사범대학 3 '3·18' 열사 추도회와 류허전과 양더췬 기념비
4 중국역사박물관 5 경사도서관 개관 기념사진

1

2

3

4

5

6

7

8

1『외침』 2『방황』 3『열풍』 4『들풀』 5『청년잡지』 6『신청년』 7『웨이밍』 8『망위안』

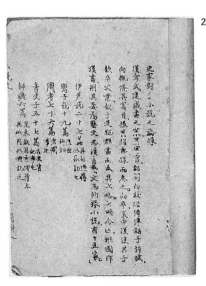

1 루쉰이 쉬광핑(오른쪽)에게 보낸 첫 편지
2 『중국소설사략』 수고
3 「나의 실연」 수고
4 「아Q정전」 수고

3

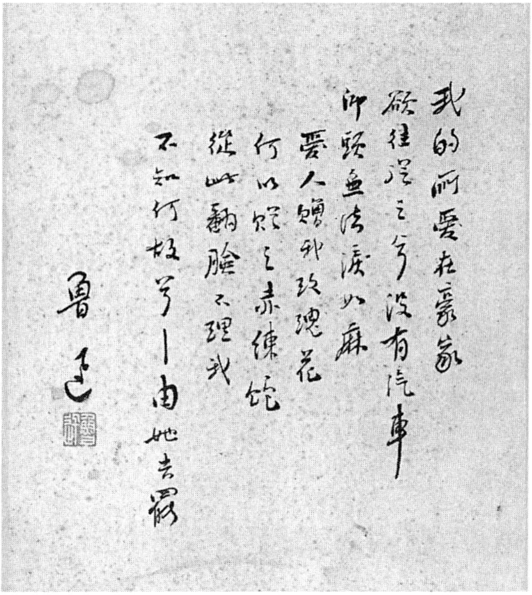
我的所愛在豪家
欲往從之兮沒有汽車
仰頭無法淚如麻
愛人贈我玫瑰花
何以贈之赤練蛇
從此翻臉不理我
不知何故兮——由她去罷
魯迅

4

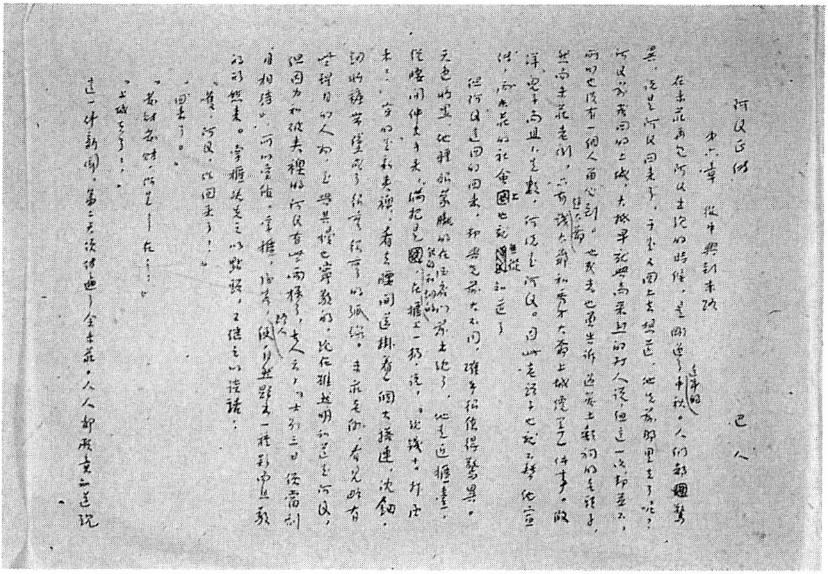
阿Q正傳　巴人
第六章　從中興到末路

5부

샤먼과
광저우에서

1926. 8 ~ 1927. 9

『위쓰』의 동인 린위탕이 샤먼대학의 초빙을 받아 교수로 재직하고 있었다. 그의 추천으로 샤먼대학은 루쉰을 문학과 교수 겸 국학연구원 연구교수로 초빙했다. 루쉰은 초빙을 수락하고 14년 동안 싸우고 울고 노래하던 고도 베이징과 이별하기로 결심했다.

1926년 8월 26일 루쉰은 길을 나서 샤먼으로 향했다. 쉬광핑이 동행했으나 그녀
는 광저우(廣州)로 가는 길이었다. 두 사람은 경유지인 상하이까지 함께 했다. 그
들은 우선 각자 2년 동안 열심히 일하고 다시 만나기로 약속했다.

루쉰은 상하이에서 여객선 '신닝호'(新寧號)를 타고 9월 4일 샤먼에 도착했다. 린 위탕은 앞서 도착한 쑨푸위안, 선젠스(沈兼士)와 함께 루쉰을 마중하러 여관으로 왔다. 그들은 배를 구해 샤먼섬에 올라 샤먼대학으로 갔다. 신선한 공기, 아름다운 환경, 샤먼에서 만난 오랜 친구들로 루쉰은 흥분했다.

루쉰은 얼마 못 가 샤먼이 상상하던 것처럼 깨끗한 곳이 아니라는 것을 알았다. 현대평론파 동인들이 뒤따라왔던 것이다. 열정을 품고 루쉰을 추천했던 린위탕도 견제당하는 신세였다. 린위탕은 루쉰이 학교로 봐서는 소중하지만 다루기 어려운 흰 코끼리이고 자신에게는 떨쳐 버릴 수 없는 무거운 부담으로 다가왔다.

학교에 임용된 직원 중에 황젠(黃堅)이라는 사람이 있었다. 천시잉의 신봉자이고 여사대의 교무처와 총무처 비서였다. 그는 수차례 루쉰을 불쾌하게 했다. 이 때문에 국학원 겸직에서 물러나고자 했지만 학교 당국은 끝까지 만류했다.

루쉰은 샤먼대학에서 중국문학사와 소설사 두 과목을 강의했다. 문과 수업은 비교적 한산한 편이었는데 루쉰이 강의를 개설하자 열띤 분위기로 바뀌었다. 타 학과의 학생들도 들었고 조교들과 교외의 신문사 기자들도 청강하러 왔다. 심지어는 창문 앞에도 선 채로 강의를 듣는 사람으로 가득 찼다. 루쉰의 강의 방식도 더욱 원숙해졌고 강의 효과도 놀라우리만치 좋았다.

교장 린원칭(林文慶)은 복고(復古)와 '공자 존경'을 제창했다. 학생들은 아직도 문언(文言, 고대 중국어를 기초로 한 문어체)으로 글을 쓰고 있었다. 루쉰은 학생들과 신문학단체 '양양사'(泱泱社)를 조직하고 『보팅』(波艇) 월간을 출판하고 『위쓰』에 『보팅』광고를 실었다.

학교에 온 지 3주가 지났다. 학교는 루쉰더러 숙소를 지메이루(集美樓)로 옮기라고 했다. 아래층은 도서관으로 밤이 되면 사람들은 떠나고 건물은 텅 비어 아주 쓸쓸했다. 루쉰은 적막했다.

5부 샤먼과 광저우에서

10월 12일 루쉰은 「후지노 선생님」을 썼다. 그는 후지노의 사진을 늘 가지고 다니며 사는 곳 벽에 걸어 두고 자신을 채찍질했다. 피곤할 때 "그의 검고 마른 얼굴을 보면 높낮이가 있는 말투로 말을 할 것만 같았고, 그러면 나는 문득 양심이 발현되고 용기가 생겼다. 그래서 담배에 불을 붙이고 다시 계속해서 '정인군자'(正人君子) 부류들이 극도로 싫어하는 글을 썼다."

14일 루쉰은 샤먼대학 주례회에서 한 강연에서 "중국 책을 덜 읽고 호사가가 되자"는 의견을 제안했다. 그 후 지메이(集美)학교에서는 세상사에 신경을 쓰자고 했다. 모두 학교 당국의 의견과 상반되는 주장이었다.

11월에는 '구랑사'(鼓浪社)를 조직하려는 샤먼대학 학생들을 지지하고 새 시대의 파도가 일기를 갈구했다. 『민중바오』(民鐘報)에서 『구랑』 주간을 부간으로 발간했다. 루쉰은 직접 원고를 고르고 수정했으며 동시에 사방에 편지를 써서 출판을 알아보았다.

광둥(廣東)의 중산(中山)대학 교무위원회가 루쉰을 초빙하기로 결정했다. 10월 중순부터 잇달아 초빙장을 보냈다. 루쉰은 샤먼대학에 대해 갈수록 실망하고 있었다. 그는 내심 학기를 마치고 광저우에 가기로 결정했다.

12월 31일 루쉰은 샤먼대학의 모든 직무에서 물러났다. 샤먼대학의 선생과 학생들은 루쉰이 떠나려 한다는 것을 알고 대단히 안타까워하며 학교 측의 책임을 추궁했다. 루쉰은 난푸퉈산(南普陀山)의 한 무덤 봉분에서 사진 몇 장을 찍었다. 그리고 이 시기에 편집한 잡문집의 제목을 『무덤』(墳)이라 짓고 과거를 묻고 새로운 미래를 시작하겠다는 의지를 드러냈다.

루쉰은 총장 린원칭의 배금사상에 극도의 반감을 가졌다. 교장은 루쉰을 위한 전
별연에서도 돈 냄새를 풍기며 앉아 있던 출자자 한 사람을 소개했다.

"아무개 선생님은 우리 학교 이사입니다. 샤먼대는 사립대학이니 후원금을 내는
사람은 누구라도 우리의 이사가 될 수 있습니다."

루쉰은 그 자리에서 2마오(毛)를 끄집어내어 테이블에 올리며 말했다.

"2마오를 후원하면 나도 이사가 될 수 있습니까?"

학생들은 루쉰을 차마 그냥 보낼 수 없었다. 학생회는 정중한 고별식을 마련했고 루쉰은 답례 강연으로 사회를 향해 나아갈 것과 사회의 변혁을 위해 분투하라고 격려했다. 샤먼대학은 수차례 만류했지만 루쉰의 결심은 확고했다. 1927년 1월 15일 오전 마지막으로 샤먼대학의 초빙장을 물리치고 오후에 여객선 '쑤저우호'에 올라 광저우로 향했다.

1월 18일 광저우에 도착했다. 이튿날 쉬광핑, 쑨푸위안과 함께 중산대학을 상징하는 건물인 다중루(大鐘樓)로 이사했다. 중산대학 정중앙이자 가장 높은 곳에 위치하고 있었다. 아래층은 강당이고, 양 측면은 강의동이다. 건물 앞 광장은 전교생이 모여 집회를 여는 곳이다. 루쉰은 3월 말까지 이곳에서 생활했다.

중국공산당 광둥지구위원회는 루쉰이 광둥에 올 수 있도록 적극적으로 도왔다. 루쉰이 도착하자 바로 당원 비레이(畢磊), 쉬원야(徐文雅) 등을 보내 공개적으로 연락하고 『인민주간』(人民週刊), 『소년선봉』(少年先鋒), 『무엇을 할 것인가?』(做什麼) 등의 간행물을 선물했다. 루쉰은 말했다. "샤먼에서 지낼 때는 공산당이라는 이름만 알고 있었는데, 이곳에 와서 비로소 CP, CY의 구분이 있다는 것을 알게 되었다."● 그후 루쉰은 광둥지구위원회 책임자 천옌녠(陳延年)을 만나기도 했다.

● CP는 공산당(Communist Party), CY는 공산주의청년단(Communist Youth League)의 약자이다.

루쉰은 창조사(創造社) 출판부 광저우지부를 찾아갔다. 창조사와 연합하여 문학으로 대혁명의 성공을 위해 깃발을 들고 함성을 외쳐 보려는 생각이었다. 창조사 동인 궈모뤄(郭沫若)가 북벌군을 따라 광저우를 떠나고 없는 것이 루쉰은 못내 아쉬었다.

루쉰은 중산대학 문학과주임 겸 교무주임을 맡고 번잡한 교학 업무를 시작했다.
그런데 금방 광저우도 결코 만족스러운 데는 아니라는 것을 알게 되었다. "광저우
지방은 그야말로 너무나 적막해졌다." 중산대학의 "속사정이 너무 복잡해서 정녕
한 마디로 다 말하기 어려웠"고, "혁명의 발원지는 이제 혁명의 후방, 게다가 회색
으로 변해 있"었던 것이다.

루쉰은 광저우에 신문학의 분위기를 띄우기 위해 베이신서옥(北新書屋)을 세우기
로 했다. 쉬광핑을 통하여 팡차오가(芳草街) 44호에 방 한 칸을 마련해 신문화의
분위기가 물씬 풍기는 신식 서점을 열어 신문학 서적을 전문적으로 판매했다. 광
저우 문화계에 한줄기 새로운 바람을 불러일으키기 위해서였다.

2월 18일 홍콩(香港)청년회의 초청을 받아 강연을 했다. 이날 저녁의 강연은「소리 없는 중국」(無聲的中國)이었다. 힘이 있으면 힘을 내고 소리가 있으면 소리를 내어 중국의 사상문화계의 침묵과 적막을 타파하자고 호소했다. 이튿날에는 또「진부한 곡조는 이미 다 불렀다」(老調子已經唱完)라는 제목으로 청년들이 새로운 소리를 낼 것을 기대했다.

3월 29일 루쉰은 바이윈로(白雲路) 바이윈루(白雲樓)로 이사했다. 쉬광핑과 쉬서
우창도 이곳에 집을 얻었다. 루쉰은 벌써부터 다중루에서 이사 나올 생각을 가지
고 있었다. 간섭이 심했고 조용히 일에 몰두할 수 없었기 때문이었다. 바이윈루에
서 청년공산당원들과 만나고 그들이 보내준 간행물을 읽으면서 맑스주의 이론에
대한 이해가 한층 더 깊어졌다.

5부 샤먼과 광저우에서

4월 8일 루쉰은 공산당원 잉슈런(應修人)의 수행으로 황푸(黃埔)군관학교에 가서 「혁명시대의 문학」(革命時代的文學)이라는 제목으로 강연을 했다. 청중들이 군관학교의 학생이기는 하나 자신이 잘 아는 분야인 문학을 이야기하는 것이 좀더 설득력이 있다고 생각했기 때문이다.

루쉰은 잦은 강연 요청에 괴로워했다. 사람들이 치켜세운다고 덩달아 흥분하여 학문을 소홀히 하고 싶지 않았다. 게다가 중산대학이 구제강을 초빙하자 너무나 실망스러워 학교를 떠날 작정을 하고 있었다. 광저우의 상황과 앞날에 대해서도 그다지 낙관하지 않았다. 벌써부터 "붉은 색 속에 흰 색이 섞여" 들어가 있어 "광 저우는 혁명의 발원지가 될 수도 있고 반혁명의 발원지가 될 수도 있다"고 생각했 던 것이다.

4월 10일 루쉰은「후닝 탈환 축하의 한 측면」(慶祝滬寧克復的那一邊)을 썼다. 국민
당과 공산당의 분열이 눈앞에 와 있음에도 불구하고 사람들은 후닝 탈환의 환호
속에 젖어 있었다. 루쉰은 임박할 폭풍의 도래를 뚜렷하게 예견하고 있었다. "작은
승리라도 얻으면 개선가에 취하여 근육이 풀어지고 망각이 쳐들어온다. 따라서
적들은 이 틈을 타서 기승을 부린다." 이것은 아주 위험하다.

1927년 4월 12일 상하이에서 국민당은 '당내 숙청'을 발동하여 공산당원에 대한 대학살을 감행했다. 4월 15일에는 광저우에서도 '당내 숙청'과 대학살을 발동했다. 루쉰의 예견 그대로였다. 국민당 우파가 장악하고 있던 광저우는 순식간에 '반혁명의 발원지'로 변했다. 비레이(畢磊), 천푸궈(陳輔國) 등의 공산당원과 중산대학의 많은 학생들이 체포되고 살해되었다.

15일 오후 이 소식을 들은 루쉰은 장대비를 무릅쓰고 학과주임 긴급회의에 참석하러 중산대학으로 갔다. 체포된 학생에 대한 대책 마련을 위한 회의였다. 그는 말했다. "당국이 붙잡아간 학생이 한둘이 아니고 수백 명이에요! 학교는 학생에 대한 책임을 져야 합니다. 5·4운동 때는 학생이 붙잡히면 학교가 책임지고 풀려나도록 했어요. 가만히 앉아서 구경만 해서야 되겠습니까?"

회의에 참석한 다른 주임들도 학교 측이 체포된 학생의 석방을 위해 공개적으로 의견을 발표하기를 희망했다. 학교 책임자는 전에 학생들을 '왼쪽으로 가도록' 이 끌겠다고 공언한 인물이었다. 그런데 공산당을 비난하면서 이 학교는 국민당의 '당교'(黨校)이므로 학교에 소속된 사람들은 국민당의 명령에 복종해야 하고 다른 의견이 있어서는 안 된다고 했다. 비분 속의 싸움이 헛수고로 돌아가자 루쉰은 사표를 제출했다.

루쉰은 또다시 고통스런 깊은 생각 속으로 빠져들었다. "나는 이제껏 진화론을 신봉했다. 어쨌거나 미래는 반드시 과거보다 낫고 청년은 반드시 노인보다 낫다고 생각했다. …… 그런데 훗날 나는 내가 틀렸다는 것을 알게 되었다. …… 나는 광동에서 다 같은 청년이 두 개의 큰 진영으로 갈라져서 투서로 밀고하거나 관방의 체포를 돕는 것을 목도했다. 나의 사고는 이로 말미암아 무너져 버렸다."

중산대학은 루쉰의 사직을 만류했지만 그의 생각은 확고하여 돌이킬 수 없었다. 지우 쉬서우창과 조교 쉬광핑도 사직으로 루쉰에 대한 지지를 표시했다. 예전 베이징에서 지내던 때 교육부가 루쉰을 불법적으로 면직시키자 쉬서우창은 단호하게 교육부 일을 그만두었다. 이때 그는 루쉰의 도움으로 중산대학에서 일하고 있었는데, 다시 한번 사직으로 루쉰을 지지한 것이다.

4월 26일 루쉰은 『들풀』(野草)의 「제목에 부쳐」(題辭)를 썼다. 『들풀』은 산문시 20
여 편이 수록된 산문시집이다. 「제목에 부쳐」에서 그는 다음과 같은 예견으로 자
신의 분노를 드러냈다. "땅속의 불은 지하에서 움직이며 질주한다. 용암이 터져 나
오면 모든 들풀과 교목을 깡그리 태워 버릴 것이다. 그리하여 하물며 썩을 수조차
도 없게 된다."

이후 루쉰은 잡문을 쓰고 강연을 했다. 「독서잡담」이라는 강연에서는 청년들에게 "자신의 눈으로 세상이라는 살아 있는 책을 읽으십시오"라고 주문했다. 뒤미처 「위진 풍도와 문장 그리고 약과 술의 관계」(魏晉風度及文章與藥及酒之關係)라는 유명한 강연을 했다. 조조(曹操)와 사마(司馬)씨가 죄를 날조하여 혜강(嵇康), 완적(阮籍) 등을 살해한 사건을 예로 들어 국민당이라는 신 군벌이 "혹 있을지도 모른다"는 죄목으로 공산당원을 학살한 행위를 자세히 비판했다.

9월 4일 루쉰은 자신의 생각을 정리하여 「유형 선생에게 답함」(答有恒先生)을 썼다. 이 글에서 그는 스스로를 깊이 반성하고 검토하고 해부했다. 진화론을 신봉하여 청년이 반드시 노인보다 낫고 희망은 반드시 청년에게 있다고 여겼으나 현실은 그의 생각을 무너뜨렸다. 진화론에 대한 오랜 미혹이 낳은 결과에 참담하고 부끄럽고 두려웠다.

9월 25일 루쉰은 노르웨이에서 자신을 노벨문학상 후보로 추천하려는 의견이 있다는 말을 듣고 거절했다. 노르웨이 사람 스벤 헤딘(Sven Hedin)이 의견을 내고 류반눙(劉半農)을 통해 루쉰의 생각을 알아보았던 것이다. "이 일이 성사되면 그때부터 다시는 펜을 들지 못할 것입니다. 설령 계속 쓴다고 해도 볼 만한 게 아무것도 없는 글쟁이의 글로 변하겠지요. 아무래도 지금처럼 명예 없이 가난하게 지내는 게 좋겠습니다."

광저우는 한동안 피비린내와 짙은 어둠으로 가득 찼다. 이곳에서 더 지내려 해도 할 수 있는 일이 아무것도 없었다. 광저우를 떠나기로 결심했다. 1927년 9월 27일 루쉰은 쉬광핑과 함께 여객선 '산둥호'(山東號)를 타고 상하이로 향했다. 그는 쉬광핑에게 말했다. "함께 떠납시다. 무슨 미련이 더 남아 있겠소!"

1 지메이루(실내) **2** 샤먼대학 전경. 1926년 9월 13일 루쉰이 쉬광핑에게 보낸 엽서로 화면 좌측 상단의 건물에 '＊'표시를 하여 자신이 거주하고 있는 곳을 알려 주었다.

2

University of Amoy.

從這面（南普陀一面望的厦門大学全景，前面是海，對面是鼓浪嶼。最右邊的是生物学院兵圖學院，弟主宅樓上有米記的便是我所住的地方，作夜甚颶風，很枓老君屋，但我没有受損害，恐九，十二。

1

2

1 중산대학 2 중산대학 문과대학 강의동
3 중산대학의 다중루 4 다중루의 루쉰 숙소 5 황푸군관학교

3

4

5

1

1 1927년 9월 11일 광저우에서 쉬광핑, 장징싼(蔣徑三)과 함께 찍은 사진
2 바이윈루 3 『아침 꽃 저녁에 줍다』 4 『이이집』 5 『당송전기집』

2

3

4

5

상하이 시대

1927. 10 ~ 1936. 10

1927년 10월 3일 루쉰은 쉬광핑과 함께 상하이에 도착했다. 이곳에서 정착할 계획이 있었던 것은 아니었다. 상하이는 문화의 중심, 정치투쟁의 초점, 모험가의 낙원, 대외교류의 창구로 변해 있었다. 이런 환경이 상하이를 떠날 수 없게 만들었다. 1936년 10월 19일 그가 세상을 떠날 때까지 이곳에서 머물렀다.

상하이에 도착한 날 그는 쉬광핑과 함께 와이탄(外灘) 근처 아이둬야로(愛多亞
路)ⁿ 창경리(長耕里) 공화(共和)여관에서 묵었다. 저녁에 둘째동생 저우젠런과 벗
린위탕, 쑨푸위안, 쑨푸시(孫福熙), 학생 리샤오펑 등이 잇달아 찾아와 밤 늦도록
마음껏 이야기를 나누었다. 이튿날은 함께 사진을 찍어 기념했다. 루쉰은 오래 떨
어져 지냈던 동생과 친구들의 우정을 깊이 느꼈다.

• 상하이 공공조계와 프랑스조계의 경계로 당시 상하이에서 가장 넓은 도로였다. 지금의 옌안둥로(延安東路)
  이다. 아이둬야(愛多亞, 에드워드)는 영국 국왕 에드워드 7세(Avenue Edward Ⅶ, 재위 1901~1910년)의 이
  름이다.

　　　　　　　　　　　　　　　　6부 상하이 시대

셋째 날 루쉰은 자베이(閘北) 인근 홍커우(虹口) 헝빈로(橫濱路) 징원리(景雲里)에
있는 저우젠런의 집을 둘러보았다. 이곳에 방을 얻어 살 작정이었다. 징원리 부근
베이쓰촨로(北四川路)에서 우연히 일본사람이 운영하는 우치야마서점(內山書店)
이 보였다. 다른 곳에서는 드문 일본의 신간서적들이 많이 있었고 책 여러 권을 구
매했다.

서점주인 우치야마 간조(內山完造)는 벌써부터 루쉰을 존경하고 있었다. 루쉰이 상하이에 왔다는 소식을 방금 들었는데, 손님의 일본어가 유창하고 품격이 남달라 그가 아닌가 짐작했다. 다가가 물었더니 과연 루쉰이었다. 우치야마는 너무나 기뻤다. 이때부터 두 사람은 좋은 친구가 되었다.

우치야마서점은 루쉰의 주요 활동 장소가 되었다. 서점에서 친구를 만나고 책과 간행물을 사고 신문을 보고 새로운 소식을 들었다. 책과 간행물의 구입을 부탁하고 원고와 편지의 전달을 부탁하고 공산당원들과 연락하기도 했다. 누군가 우치야마와 가까이하지 말라고 하자 루쉰은 믿을 만하다고 했다. "우치야마가 서점을 연 것은 돈을 벌기 위해서이지만 친구를 팔아먹지는 않습니다."

10월 8일 루쉰은 공화여관에서 징윈리 23호로 옮기고 쉬광핑과 반려자로서 함께 살기 시작했다. 샤먼에서 지낼 때부터 루쉰이 쉬광핑과 동거하고 있다는 소문을 퍼뜨리고 다닌 사람이 있었다. 그런데 정식으로 동거생활을 할 때는 소문을 만든 사람들이 상하이에 살고 있었음에도 불구하고 벙어리나 된 듯이 아무런 말이 없었다.

마오둔(茅盾), 예성타오(葉聖陶), 저우젠런 등이 모두 징윈리에 살고 있었고 나중에 펑쉐펑(馮雪峰), 러우스(柔石) 등도 이사 왔다. 수많은 문화인들이 자주 이곳을 드나들어 징윈리는 중국 문화계의 가장 중요한 인사들이 모이는 집결지가 되었다.

루쉰은 상하이에 도착하자마자 중국제난회[*]의 활동에 참가했다. 중국제난회는 윈다이잉(惲大英), 장원톈(張聞天), 선쩌민(沈澤民), 양셴장(楊賢江), 궈모뤄, 선옌빙(沈雁冰), 양싱포(楊杏佛), 정전뒈(政振鐸) 등이 발기한 단체로 주요 임무는 혁명 애국운동의 보위와 체포된 혁명가의 석방이었다. 19일 제난회 회원 왕비(王弼)가 회보 『바이화』(白華)를 만들기 위해 루쉰, 위다푸(郁達夫) 등을 초청했다. 루쉰은 기꺼이 참가하고 이후 수차례 후원금을 냈다.

• 중국제난회(中國濟難會)는 중국공산당이 1925년 상하이에서 세운 혁명단체이다.

루쉰의 상하이 이주는 상하이 문화계에 뜨거운 반향을 불러일으켰다. 여러 대학
에서 잇달아 강연을 요청했다. 10월부터 12월까지 차례로 라오둥(勞動)대학, 리다
(立達)학원, 푸단(復旦)대학, 지난(暨南)대학, 광화(光華)대학 등에서 강연을 하고
강좌를 개설하여 열렬한 환영을 받았다. 여러 대학교에서 루쉰을 초빙했지만 더
이상 교직을 맡지 않고 글쓰기에 전념했다.

창조사의 책임자 궈모뤄와 동인들이 상하이에 왔다. 루쉰은 다시 한 번 창조사와 함께 일하고 싶었다. 11월 9일 그는 창조사 동인 정보치(鄭伯奇), 장광츠(蔣光慈), 돤커칭(段可情)을 만나 몇 년간 정간되었던 『창조주보』(創造週報)의 복간을 위해 협력하기로 했다. 궈모뤄도 찬성하고 공동으로 『창조주보』의 복간 광고를 발표했다.

마침 창조사의 청년 동인들이 일본에서 귀국했다. 그들은 광저우에서 '4·15 쿠데타'가 일어난 뒤에도 루쉰이 계속 그곳에 체류해야 했다고 생각했다. 루쉰은 혁명의 대오에서 떨어져 나왔으므로 그와의 협력에 찬성하지 않는다고 했다. 뒤미처 궈모뤄도 당국의 지명수배를 받아 상하이를 떠났다. 이로 말미암아 곧 성사될 것 같았던 협력 사업은 유산되고 말았다.

같은 해 베이징에 진주한 펑톈(奉天) 군벌 장쭤린(張作霖)이 베이징을 베이핑(北平)으로 개명했다. 『위쓰』는 예리한 언론을 견지하고 있었기 때문에 발간금지되었고, 이를 발행하던 베이신서국(北新書局)도 폐쇄되었다. 출판이 어려워진 『위쓰』는 상하이로 자리를 옮겼고 루쉰이 편집을 이어받아 예리한 풍격을 유지했다.

난징정부는 프랑스 한림원(L'Institut de France)을 모방하여 전국의 교육행정을 통괄하는 대학원(大學院)을 설립했다. 대학원 원장 차이위안페이는 '특약저술가'라는 이름으로 연구에만 전념할 수 있도록 저명한 학자들을 초빙했다. 루쉰은 제1차 특약저술가 5명 중 한 명이 되었다. 그런데 1931년 12월 교육부장을 겸임한 장제스(蔣介石)가 루쉰을 계약해지했다.

쉬광핑은 루쉰과 동거를 시작하면서 일자리를 알아볼 생각을 가지고 있었다. 그런데 미력하나마 루쉰에게 도움이 되고자 자신의 꿈을 포기하고 그의 조력자가 되기로 결심했다. 루쉰은 쉬광핑에게 일본어를 가르치기 시작했다. 1927년 12월부터 매일 밤마다 공부했다. 근 2년이 되자 쉬광핑은 초보적으로 일본어를 번역할 수 있는 수준이 되었다. 교재 중에는 가미나가 분조(神永文三)의 『맑스독본』이 있었다. 일본어도 배우고 기본적인 맑스주의 이론도 공부할 수 있었다.

6부 상하이 시대

1928년 초부터 창조사는 루쉰과 협력하지 않았을뿐더러 신랄하게 공격하기까지
했다. 그들이 만든 『문화비판』(文化批判) 월간은 대부분이 루쉰을 공격하는 글이
었다. 창조사에서 발행한 다른 간행물과 태양사의 간행물도 잇달아 맑스주의라는
명사를 가득 채워 넣은 글로 루쉰의 글을 공격하고 비방했다.

루쉰은 세 달을 인내하고 침묵했다. 답답해하면서도 상대의 이론을 이해하기 위해 대량의 맑스·레닌주의 저술과 유물변증법 연구 저술들을 성실하게 읽어 나갔다. 개중에는 맑스, 엥겔스, 레닌, 스탈린의 원저들도 적지 않게 있었다. 모호했던 많은 문제들이 분명해지면서 창조사 동인들이 제대로 "맑스주의의 사격술을 다루"지 못한다는 것을 알게 되었다.

루쉰은 마침내 자신을 포위공격하던 사람들을 향해 반격하기 시작했다. 맑스주의 문예에 대하여 깊이 있게 논술하고 중국문예의 문제점을 분석한 일련의 논문을 썼다. 이른바 '혁명문학논쟁'이 시작된 것이다.

창조사의 동인 가운데 위다푸만이 시종일관 루쉰과 우정을 유지하고 비슷한 관점을 가지고 있었다. 1928년 6월 루쉰은 위다푸와 함께 문예잡지 『분류』(奔流) 월간을 창간했다. 중국의 문예계가 참고할 수 있도록 외국의 혁명문예 작품을 집중적으로 소개했다.

루쉰은 동시에 소련의 문예이론 저술과 연구자료를 번역했다. 『소련의 문예정책』
(蘇俄的文藝政策), 플레하노프와 루나차르스키의 『예술론』(藝術論), 『문예와 비
평』(文藝與批評) 등이 그것이다.

신월파(新月派)가 출현했다. 현대평론파의 일부 동인들이 『신월』월간을 만들었
다. 1928년 6월 신월파의 대표적 인물 량스추(梁實秋)가 「문학과 혁명」(文學與革
命)을 발표하여 혁명문학논쟁에 개입했다. 그는 "인성은 문학을 측량할 수 있는 유
일한 표준이다", "문학은 계급성이 없다", "문학에 '혁명적 문학'이라는 명사를 사
용하는 것은 근본적으로 성립하지 않는다"고 주장했다.

루쉰은 쉬광핑, 러우스, 왕팡런(王方仁), 추이전우(崔眞吾) 등과 함께 '조화사'(朝花社)를 만들었다. 동유럽과 북유럽의 문예작품을 전문적으로 소개하고 외국 판화를 수입하여 강건하고 질박한 문예를 가져와 심는 데 주력했다. 그들은 『조화』 주간, 『예원조화』(藝苑朝花) 그림총서 등을 편집했다. 표지디자인은 루쉰, 편집업무는 러우스가 주로 맡았다.

조화사의 업무를 실질적으로 맡고 있던 왕팡런은 "다른 꿍꿍이가 있었"기 때문에
결국 동인들이 경비를 조달하고 빚을 메우는 지경이 되었다. 루쉰과 러우스 등이
헛고생을 한 셈이 되고 말았다.

루쉰이 신구 문인들의 날카로운 공격을 받기 시작하자 동요하는 사람들이 생겼
다. 중산대학에서 강의하던 때의 학생 랴오리어(廖立峨)가 화를 피한다는 구실로
상하이에 왔다. '수양아들'로 자처하며 약혼자까지 데리고 루쉰의 집에서 장장 일
곱 달을 공짜로 먹으며 살고 있었다. 루쉰이 공격당하자 그는 성질을 내며 말했다.
"내 친구들은 다 나를 깔보고 나와 연락도 안 하고 내가 이런 사람(루쉰)과 한 집에
살고 있다고 말한다."

랴오리어는 약혼녀와 함께 루쉰의 집을 떠났다. 떠나기 전에는 루쉰에게 120위안을 요구하고 옷가지와 이불 따위도 챙겼다. 루쉰은 이런 일을 겪으면서도 여전히 청년들을 사랑하고 힘껏 도와주었다.

소련에서 열린 중국공산당 제6차 전국대표대회가 끝났다.° 귀국길에 저우언라이
(周恩來)는 하얼빈에서 중국공산당 동북방면 책임자 중의 한 명인 런궈전(任國楨)
을 만나 상하이 문학계의 논쟁 상황에 대해 들었다. 그는 그 자리에서 창조사와 태
양사가 루쉰을 비판하는 것은 옳지 않고 루쉰을 존중하고 연합하여 공동의 적에
대항해야 한다는 의견을 냈다.

• 1928년 6월 18일부터 7월 11일까지 소련의 모스크바 근교에서 열렸다.

중국공산당 장쑤성위원회 지도자 리푸춘(李富春), 중앙문화공작위원회 서기 판한녠(潘漢年) 등이 저우언라이의 의견을 전달하여 창조사, 태양사는 루쉰에 대한 공격을 중지할 것을 지시하고 문화계 통일조직을 만들 준비에 들어갔다.

펑쉐펑이 루쉰과 가까워졌다. 그 전에 그는 「혁명과 지식계급」(革命與知識階級)이
라는 글로 루쉰에 대한 공격을 비판하고 루쉰을 높이 평가한 적이 있었다.

러우스의 소개로 펑쉐펑은 루쉰의 집을 자주 찾는 손님이 되었던 것이다. 그는 루쉰과 함께 『맹아월간』(萌芽月刊)과 '과학적 예술론 총서'(科學的藝術論叢書)를 편집하여 맑스주의 문예이론을 소개했다.

펑쉐펑은 루쉰과 만나면서 그를 더욱 이해하고 존경하게 되었고 세상사와 문화에 대한 가르침을 얻었다. 이후 중국좌익작가연맹(中國左翼作家聯盟) 시기에는 연맹을 대표하여 루쉰과 소통함으로써 루쉰과 중국공산당 사이의 다리 역할을 했다.

1929년 5월 루쉰은 어머니를 만나기 위해 베이징에 갔다. 쉬광핑이 임신 중이어서 수시로 편지로 안부를 물었다. 루쉰은 옌징(燕京)대학, 베이징대학 등지에서 강연을 했다. 외국의 혁명문학이론을 공부하고 빌려 올 것을 강조하고 더욱 효과적인 투쟁을 위하여 청년들이 원대한 이상과 현실사회에 대한 분명한 인식을 갖기를 희망했다. 강연은 학생들의 열렬한 환영을 받았다.

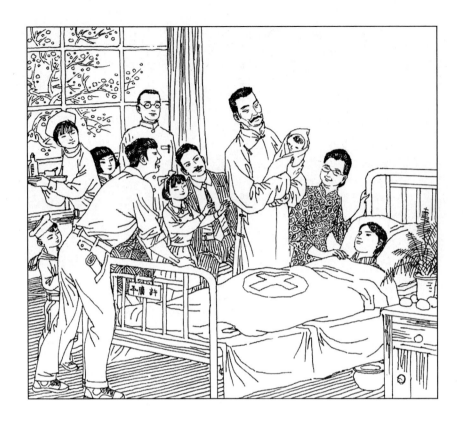

1929년 9월 27일 쉬광핑은 상하이 푸민병원(福民醫院)에서 사내아이를 낳았다. 루쉰은 상하이에서 태어난 아기라고 '하이잉'(海嬰)이라는 이름을 지어 주었다. 성년이 된 후 갖고 싶은 이름이 생기면 그때 이름을 바꾸면 된다는 것이었다. 갓난아이의 출생을 축하하기 위해 루쉰은 쉬광핑에게 아스파라거스를 선물했다. 바쁜 와중에도 날마다 젊은 엄마와 강보에 싸인 아기를 보러 병원을 찾았다.

1929년 가을 창조사와 태양사는 루쉰과 그의 영향력 아래에 있는 작가들과 연합하여 작가 단체를 조직하기 시작했다. 중국저작인협회(中國著作人協會)를 조직했으나 미흡하다고 판단하고 다시 '중국좌익작가연맹'을 조직하기 시작했다.

이해 말 미국의 여성 기자 스메들리(Agnes Smedley)가 처음으로 루쉰을 예방했다.
이때부터 두 사람은 좋은 관계를 맺었다. 스메들리는 자신의 자전적 소설 『대지의
딸』을 선물하며 이렇게 썼다. "루쉰 선생께 드립니다. 새로운 사회를 위해 살고 일
하는 그에게 존경을 표시합니다."

1928~29년 사이 루쉰은 『삼한집』(三閑集)에 실린 잡문의 대부분을 썼다. 그중에는 「'취한 눈' 속의 몽롱」("醉眼"中的朦朧), 「문예와 혁명」(文藝與革命) 등이 포함되어 있다.

1930년 2월 중순 루쉰은 위다푸와 함께 '중국자유운동대동맹'(中國自由運動大同盟)의 발기인으로 참가했다. 동맹의 성립 선언에 이름을 올리고 비밀리에 이루어진 성립대회에 출석하여 강연을 했다. 동맹은 성립 후 정치조직으로 바뀌어 파업, 전단 살포, 번개시위 등의 활동을 주도함으로써 시작부터 공개적으로 활동할 수 없는 처지가 되고 말았다. 루쉰은 이러한 방식을 반대했기 때문에 차츰 조용히 거리를 두었다.

자유대동맹은 성립과 동시에 회원들에게 각 대학에서 연맹의 목적에 대해 선전하
라고 요구했다. 따라서 루쉰은 중화(中華)예술대학, 다샤(大夏)대학, 중국공학 등
에서 자유 쟁취의 의미에 대해 강연했고 이에 당국의 주목을 받게 되었다. 당국은
자유대동맹을 단속하고 루쉰 등 대동맹의 주요회원들을 지명수배했다.

1930년 3월 2일 중국좌익작가연맹 성립대회가 상하이 더우러안로(竇樂安路)* 중화예술학원에서 비밀리에 거행되었다. 대회 참가자는 50여 명이었다. 루쉰은 3명의 주석단 중 한 명으로 선출되었다. 대회는 연맹의 이론 강령과 행동 강령을 통과시키고 집행위원회를 구성했다. 루쉰은 7명의 집행위원 중 한 명으로 선출되었다.

* 더우러안로(Darroch Road). 청 광서(光緒) 때 '진사' 칭호를 받은 영국성공회 전도사 존 다락(John Litt Darroch)의 이름을 따서 만들었다.

루쉰은 3월 20일 펑쉐펑, 러우스 등과 함께 호텔에서 식사를 하고 돌아오고 있었다. 한 스파이가 미행하고 있었다. 집으로 돌아가는 것은 위험천만해서 우치야마 서점으로 피신할 수밖에 없었다. 여기서 장장 한 달을 피신해 지냈다.

상하이의 중국공산당 지도자는 혁명이 고조기에 도달했으며 한 성(省) 혹은 일부 성에서 먼저 승리할 수 있다고 오판하고 폭동을 일으키자고 호소했다. 리리싼(李立三)은 특별히 루쉰을 찾아와 자신의 무모한 관점을 옹호하는 선언문을 발표해 달라고 했다. 그러나 루쉰은 거절했다.

이해 9월 17일 중국공산당 조직의 지도 아래 좌익문화계는 루쉰의 쉰번째 생일축
하연을 열었다. 축하연 준비에는 스메들리도 참가했다. 사실상 좌익 성향의 여러
연맹의 회원들이 참여하는 집회이기도 했다. 좌련 말고도 미술연맹, 극연맹 등의
대표들이 참석하여 치사를 하고 다소 진보적인 성향의 문화계인사들도 참석했다.
이 축하연으로 진보적 문화계는 미증유의 단결을 보여 주었다.

좌익문화운동이 고조되자 10월부터는 국민당 당국의 좌익문화에 대한 탄압도 심해지기 시작했다. 10월 5일 좌익극작가 쭝후이(宗暉)가 난징 위화타이(雨花臺)에서 피살되었다. 국민당 주구문인들로 구성된 '민족주의문학가'들이 『첸펑』(前鋒) 월간을 출판하고 「민족주의문학운동 선언」을 발표하여 당국의 군사적 포위토벌 작전에 영합했다. "무릇 그들과 일치하지 않으면 거의 모두 '반동'이라 불렸다."

12월 난징정부는 '출판법' 414조를 공포하여 좌익 도서와 간행물, 작가들을 가혹하게 탄압했다. 1931년 1월 다시 '긴급조치법'을 공포했다. 백색테러가 날로 심각해지고 있었다.

루쉰의 영향력은 국민당의 포위토벌을 뚫고 나날이 확대되어 해외로까지 뻗어 나
갔다. 「아Q정전」이 일본어, 프랑스어, 영어, 에스페란토어로 번역되어 세계적인
환영을 받았다. 이것은 중국의 문학작품이 참신한 모습으로 세계문학의 숲속으로
진입했음을 의미한다.

탄압은 한층 더 가혹해졌다. 1931년 1월 17일 러우스, 인푸(殷夫), 후예핀(胡也頻),
펑컹(馮鏗) 등 좌익작가와 중국공산당원들이 둥팡여관(東方旅社)에서 열리는 당
내 비밀회의에 참가하기로 했다. 왕밍(王明)의 기회주의 노선을 저지하기 위해서
였다. 그런데 반역자의 밀고로 당국에 체포되고 말았다. 이튿날에는 리웨이썬(李
偉森)도 체포되었다.

러우스의 몸에서 루쉰과 명일서점(明日書店) 간의 계약서가 나왔다. 군경은 루쉰
의 행방을 추궁했지만 러우스는 끝까지 입을 다물었다.

상황은 대단히 위급했다. 루쉰은 하릴없이 피신하지 않을 수 없었다. 우치야마 간조의 궁리로 루쉰는 가족을 데리고 일본해군해병대 건물 뒤편의 화위안좡여관(花園莊旅館)으로 옮겼다. 상하이에서 루쉰의 두번째 피신이 시작된 것이다. 2월 28일에야 겨우 집으로 돌아올 수 있었다.

루쉰은 자신이 위험한 처지에 놓여 있음에도 불구하고 러우스 등의 석방을 위해
노력했다. 백방으로 쫓아다니고 솔선해서 후원금을 냈다. 루쉰의 노력이 채 성과
를 거두기도 전에 2월 7일 깊은 밤 러우스 등 24명은 상하이 룽화(龍華)의 쑹후(淞
滬) 경비사령부에서 비밀리에 총살당했다.

깊은 밤 루쉰은 러우스 등의 피살 소식을 들었다. 슬픔과 분노가 교차했다. 그는 아픈 마음으로 칠언율시 「무제」(無題)를 지어 애도했다. "기나긴 봄밤에 익숙해질 즈음, 처자식을 데리고 피신한 신세에 귀밑머리는 희끗하다. 꿈결에 아스라한 어머니의 눈물, 성벽 꼭대기에는 천변만화하는 마왕의 깃발. 귀신이 되어 가는 벗들을 참고 지켜보다가, 분노에 겨워 칼들의 숲에서 짧은 시를 찾아본다. 읊조리고 숙여 보니 쓸 종이가 없고, 달빛은 물처럼 검은 옷을 비춘다."

루쉰은 좌련의 다섯 열사를 기념하기 위해 펑쉐펑과 함께 좌련 기관지 『전초』(前哨) 제1기 '전사자 기념특집호'를 편집했다. 자신이 기초에 참가하고 서명한 「국민당의 혁명작가 대량학살에 대한 중국좌익작가연맹 선언」과 「동지들에 대한 국민당의 대학살에 관하여 각국의 혁명문학과 인류의 진보를 위해 일하는 모든 작가와 사상가들에게 보내는 글」을 실었다.

그런데 인쇄하려는 곳이 없었다. 믿을 만한 식자공 몇 명을 구하고 편집위원들이 곁에서 도왔다. '전초'라는 두 글자는 루쉰이 직접 썼다. 열사들의 사진은 다른 곳에서 인쇄하여 다시 오려 붙였다. 루쉰, 펑쉐펑, 러우스이(樓適夷) 등은 고스란히 밤을 새웠다.

작가들에 대한 당국의 잔혹한 살해를 폭로하기 위하여 『문예신문』(文藝新聞)은
솔선하여 러우스 등의 실종 소식을 게재했다. 루쉰은 『북두』(北斗)에 독일 판화가
케테 콜비츠(Käthe Kollwitz)의 판화 「희생」을 싣고, 지인들을 모아 러우스 가족에
대한 경제적 지원과 자녀의 학업을 돕기 위해 애를 썼다.

루쉰은 당국의 검열의 그물을 뚫어 내기 위한 방법으로 '참호전'을 제안했다. 기본적인 실력을 갖추고 상황에 맞는 진보적 문화활동을 전개해야 한다는 것이었다. 그는 목각판화의 수월성에 주목했다. 1930년 10월부터 자신이 수집한 판화로 전람회를 열고, 1931년 5월에는 이바이사(一八藝社) 상하이분점이 전람회를 여는 데 그들을 위해 서문을 써 주었다.

8월 17일에 루쉰은 하계목각강습반을 열었다. 목각판화운동의 신진세력을 양성하기 위해서였다. 우치야마 간조의 친동생으로 일본 세이조(成城)학교 교사 우치야마 가키스(內山嘉吉)를 강사로 초빙하고 자신이 통역을 맡았다. 이바이사, 중화예대(中華藝大), 상하이미전(上海美專), 상하이예전(上海藝專), 바이어화회(白娥畫會) 등에서 수강생들이 모였다. 일주일간 계속된 이 강습반은 중국에서의 판화운동의 시작을 의미한다.

진보적 문화계의 희생자를 기념하기 위해 루쉰은 소련 작가 파데예프(Aleksandr Fadeyev)의 기념비적 장편소설 『궤멸』을 번역하여 1931년 11월 '삼한서옥'(三閑書屋)이라는 이름으로 자비 출판했다. 혁명군의 강인한 항쟁정신을 노래한 소설이다. 뒤미처 차오징화(曹靖華)가 번역한 소련 작가 세라피모비치(Aleksandr Serafimovich)의 장편소설 『철(鐵)의 흐름』을 자비 출판했다. 『철의 흐름』은 소비에트혁명군의 용왕매진하는 정신을 표현한 작품이다.

루쉰은 국민당의 전제적 통치를 맹렬하게 공격하는 동시에 좌익작가의 창작에 대
한 지도 또한 중시했다. 사팅(沙汀), 아이우(艾蕪) 등에게 보낸 답신에는 창작에 관
한 가르침이 잘 드러나 있다. 번역에 관한 논쟁에도 적극 참여하여 거듭 의견을 개
진했다. 그는 '충실성(信), 가독성(達), 고아함(雅)' 가운데서 '충실성'을 중시해야
한다고 했다.

1930년과 1931년 두 해 동안 루쉰은 『이심집』(二心集)에 실린 잡문 중 38편을 썼다. 그는 자신의 모든 잡문집 가운데 문장이 제일 예리한 것이 『이심집』이라고 생각했다. 여기에는 「'집 잃은' '자본가의 힘없는 주구'」, 「'우방의 경악'을 논함」, 「습관과 개혁」 등이 실려 있다.

'9·18사변' 후 일본제국주의는 중국 내륙으로 진공할 기지로 상하이를 목표로 삼
았다. 1932년 1월 28일 밤 상하이 북쪽 교외에 주둔하고 있던 일본해군해병대는
상하이 자베이 일대의 차이팅카이(蔡廷鍇)의 부대 19로군을 공격했다. '1·28전
쟁'이 발발한 것이다.

루쉰은 일본해군해병대 사령부 건너편 한쪽에 있는 라모스아파트*에 살고 있었
다. 쓰촨베이로(四川北路) 일대가 전화에 휩싸였다. 오후에 포탄이 문을 통과해 들
어와 루쉰의 의자등받이를 뚫었다. 다행히 루쉰은 외출 중이었다.

• 영국인 라모스(Ramos)가 투자하여 1928년에 준공된 아파트로 상하이시 우수역사건축물로 지정되어 있다.

6부 상하이 시대

1월 30일 아침 한 무리의 일본군이 몰려와 집 안을 수색했다. 끝내 아무것도 못 찾고 씩씩거리며 돌아갔다. 이 건물에서 누군가가 일본군 사령부를 향해 총을 쏘았는데, 일본군은 루쉰의 집에서 총탄이 날아온 것으로 의심했던 것이다.

연일 계속된 포화 속에 루쉰은 하릴없이 옷가지를 챙겨 가족을 데리고 우치야마 서점 2층으로 피신했다. 상하이에서의 세번째 피신이었다. 그러나 이곳도 안전하지 않았다. 2월 6일 음력 초하루 우치야마 간조의 도움으로 루쉰 가족과 저우젠런 가족 열 명은 다시 공공조계˙ 쓰촨중로(四川中路)의 우치야마서점 중앙지점으로 피신했다. 매서운 날씨 속에 맨바닥에서 생활했다. 3월 19일에야 비로소 집으로 돌아올 수 있었다.

˙ 상하이 공공조계는 근대 중국 최초의 조계로 1863년 영국조계와 미국조계를 합하여 만들어진 것이다.

1932년 봄 루쉰의 마음은 너무나 갑갑했다. 늦봄과 초여름 사이에 취추바이(瞿秋白) 부부가 방문하면서 마음에 변화가 일어났다. 그들은 번역에 관한 문제부터 토론하기 시작했다. 초면임에도 불구하고 오래전부터 서로 통한다고 생각하고 있었기 때문에 아주 유쾌하게 이야기를 나누었다. 이때부터 두 사람은 죽어도 변치 않는 벗이 되었다.

취추바이는 소련의 빠른 발전에 대하여 잘 알고 있었다. 그런데 난징정부는 소련의 상황이 얼마나 열악한가를 선전하는 데 열을 올리고 있었다. 루쉰은 이에 대해 벌써부터 의심을 품고 있었던 참이었다. 취추바이와 이야기를 나눈 뒤 「우리는 더 이상 속지 않는다」를 써서 당국의 기만적인 선전을 폭로했다.

당국은 소비에트지구에 대해 "공동으로 생산하고 아내를 공유한다"라고 비방하고 있었다. 루쉰은 당국의 허튼소리를 믿지 않았다. 홍4방면군* 사령관 천경(陳賡)이 비밀리에 상하이를 방문했다. 루쉰은 중국공산당 조직을 통하여 그를 집으로 초대했다. 소비에트지구의 상황을 알기 위해서였다. 천경은 어위완(鄂豫皖) 소비에트지구**의 형세도를 그려 가며 설명해 주었다. 루쉰은 이 그림을 소중하게 보관했다.

* 중국공농홍군 제4방면군(中國工農紅軍第四方面軍)의 약칭.
** 후베이(湖北), 허난(河南), 안후이(安徽)가 교차하는 곳이다.

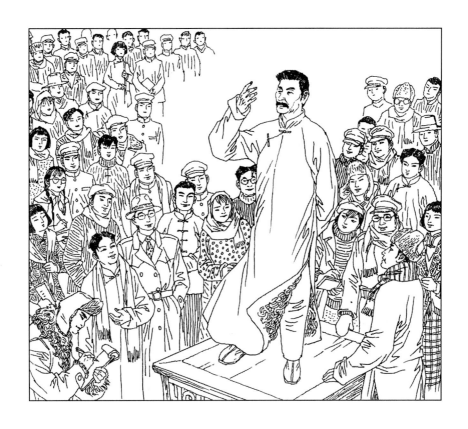

1932년 11월 루쉰은 어머니의 병환으로 베이징에 갔다. 이를 기회로 소련을 방문할 생각도 있었으나 성사되지 못했다. 베이핑대학 제2캠퍼스, 푸런(輔仁)대학, 베이핑대학 여자문리학원 등지에서 다섯 차례에 걸쳐 강연을 했다. 이것이 바로 유명한 '베이핑의 다섯 강연'이다. 이 기간에 또 북방의 좌련 회원들을 만났다.

11월 하순 취추바이 부부가 루쉰의 집으로 피신했다. 아침저녁으로 함께 지내며 긴 이야기를 나누었다. 서로에 대한 이해가 한층 더 깊어졌다. 취추바이는 한 달 가까이 지내다 전국총공회* 당단(黨團) 서기 천윈(陳雲)의 호위 속에 루쉰의 집을 떠났다.

* 중국공산당 지도 아래에 있는 노동자 조직.

1932년 12월 프랑스에서 막 귀국한 리례원(黎烈文)이 『선바오』(申報)의 문예부간 「자유담」(自由談)의 편집을 이어받았다. 이때부터 루쉰은 리례원의 부탁으로 「자유담」에 기고하기 시작했다. 예리한 잡문이 대거 게재되었기 때문에 당국의 분노를 샀다. 1934년 5월 리례원은 당국의 압력으로 사직하지 않을 수 없었다.

리례원을 이어 편집을 맡은 장쯔성(張梓生)은 공교롭게도 루쉰의 학생이었다. 루쉰은 필명을 바꾸어 가며 지속적으로 「자유담」에 글을 발표했다. 당국의 문화토벌을 강력하게 돌파함으로써 중국 현대 잡문역사에 새로운 단계를 열었다. 1933, 1934년 두 해 동안 루쉰이 사용한 필명은 무려 60여 개에 이른다.

쑹칭링, 차이위안페이는 중국민권보장동맹(中國民權保障同盟)을 만들어 국민당
의 암흑통치를 폭로하고, 정치범 원조와 민중의 언론·출판·결사·집회의 자유를
쟁취하고자 했다. 상하이와 베이징에서 먼저 분회가 만들어졌다. 루쉰은 상하이
분회 집행위원으로 피선되었다.

중국민권보장동맹은 성립 후 바로 정치범 원조 활동을 적극적으로 진행했다. 범태평양산업동맹 상하이사무소 비서 놀렌스(Hilaire Noulens) 부부와 랴오청즈(廖承志), 천경, 뤄덩셴(羅登賢), 위원화(余文化), 황핑(黃平) 등의 공산당원들을 돕기 위한 활동을 시작했다.

이해 2월 17일 영국작가 버나드 쇼(Bernard Shaw)가 상하이를 방문했다. 중국민권
보장동맹은 환영회를 개최했다. 루쉰도 쑹칭링, 차이위안페이 등의 초청을 받고
쇼를 만났다. 쇼에 대한 여론계의 평가는 다양했다. 루쉰은 자신의 집에 피신해 있
던 취추바이와 함께 『상하이에 온 버나드 쇼』(蕭伯納在上海)라는 책을 내어 긍정
적으로 평가했다. 루쉰은 쇼가 중국인들의 기형적인 모습을 되비춰 주는 평면거
울이라고 했다.

루쉰의 영향력은 나날이 커졌다. 미국인 기자 에드거 스노(Edgar Snow)는 국제사회의 중국에 대한 이해를 돕기 위해 루쉰을 소개하기로 결심했다. 그는 청년작가 야오커(姚克)의 소개로 루쉰을 만나 소설 번역을 제안했다. 그런데 루쉰은 자신의 작품보다 청년작가의 작품을 많이 소개하라고 했다. 이후 스노는 『살아 있는 중국』(*Living China: Modern Chinese Short Stories*)을 편역했다. 여기에는 루쉰의 작품이 절반을 차지하고 있다.

취추바이와 루쉰의 관계는 더욱 친밀해졌다. 3월에 루쉰은 취추바이를 위해 우치야마서점 근처 스가오타로(施高塔路) 둥자오리(東照里) 12호에 다락방 한 칸을 얻어 주었다. 취추바이는 병으로 요양 중인 척 생활하면서 상하이의 좌익문화운동을 지도했다.

4월 11일 루쉰도 둥자오리 맞은편 골목 다루신춘(大陸新村) 9호로 이사했다. 루쉰
은 이곳에서 그의 남은 생을 보냈다. 현재 이곳은 루쉰의 옛집으로 보존되고 있다.

취추바이는 둥자오리에서 지내는 동안 『루쉰잡감선집』(魯迅雜感選集)을 편집하고 서문을 썼다. 이 서문은 루쉰에 대한 과학적이고 심도 있는 최초의 비평으로 유명세를 떨쳤다. 루쉰은 열여덟 살이나 어린 벗에 대하여 마음 깊이 존경하고 있었고 취추바이는 루쉰에게 거리낌 없이 흉금을 털어놓았다.

루쉰은 대련을 써서 취추바이에게 선물했다. "한평생 지기 한 명을 얻으면 그것으로 족하고, 당연히 같은 마음으로 이 세상을 바라본다." 취추바이는 얼굴을 노출시킬 수 없었다. 『루쉰잡감선집』서문은 취추바이가 썼지만 루쉰이 수정하고 베껴서 자신의 필명으로 발표했다. 두 사람은 진정 서로가 같은 마음으로 생각하는 경지에 올랐던 것이다.

독일에서 파시스트 히틀러가 무고한 사람들을 살해하고 서적을 불태우는 만행을 저질렀다는 소식이 들렸다. 5월 13일 중국민권보장동맹 회원들은 상하이 주재 독일총영사관으로 가 항의서를 전달했다. 루쉰도 쑹칭링, 차이위안페이 등과 동행하여 파시스트의 행위를 비판했다.

6부 상하이 시대

이튿날 좌련의 핵심이자 여성작가 딩링(丁玲)이 당국에 의해 비밀리에 체포되었다. 또 다른 좌련 작가 잉슈런(應修人)은 체포에 저항하다 그 자리에서 희생되었다. 루쉰은 분노를 삼키며 딩링의 석방을 위해 노력했으나 끝내 성공하지 못했다. 이에 딩링의 어머니를 돕기 위해 출판사를 재촉해 그녀의 소설 『어머니』(母親)를 출판하게 했다.

중국민권보장동맹의 활발한 활동은 당국을 분노케 했다. 당국은 특수공작조직 란이사(藍衣社)의 암살 활동을 사주했다. 6월 18일 아침 동맹 총간사 양취안(楊銓)은 아들과 함께 차를 운전하며 중앙연구원에서 나오고 있었다. 정문에 막 도착하자 맹렬한 총격이 가해졌다. 특수공작원의 난사로 살해된 양취안은 아들을 품에 안고 있었다.

루쉰의 이름도 블랙리스트에 올랐다. 특수공작조직은 루쉰이 양취안의 장례식에 참가한다면 그날로 암살될 것이라고 공공연히 엄포했다. 루쉰은 조금도 개의치 않고 오랜 친구 쉬서우창과 함께 내리는 비도 마다 않고 장례식에 참가했다. 자신의 단호한 의지를 드러내기 위해 집 열쇠도 휴대하지 않았다. 루쉰의 거대한 영향력에 놀란 특수공작조직은 결국 아무런 일도 저지를 수 없었다.

9월 30일 세계반제대동맹 원동회의가 상하이 훙커우의 한 민가에서 비밀리에 열렸다. 루쉰은 주비회에 참여했으며 마오쩌둥(毛澤東), 주더(周德), 고리키와 함께 주석단 명예주석으로 피선되었다. 이 기간에 루쉰은 프랑스 신문『뤼마니테』(*L'Humanité*)의 주편 바이양–쿠튀리에(Paul Vaillant - Couturier), 영국 노동당의 말레이(Marley) 경 등 세계적인 인사들과 접견했다.

미국의 공산주의자이자 『차이나 포럼』(*The China Forum*)의 편집인 해럴드 이삭스 (Harold Isaacs)는 버나드 쇼를 회견하는 자리에서 루쉰을 알게 되었다. 그는 루쉰 의 소설을 번역, 소개하기로 결정하고 루쉰의 도움 아래 중국현대소설선집을 편 집했다. 루쉰은 '고통스런 대중의 문예'라는 뜻으로 제목을 『짚신』(*Straw Sandals : Chinese short stories, 1918-1933*)이라고 붙여 주었다.

1934년 초 국민당은 소비에트지구의 홍군에 대한 대규모 군사토벌과 국민당통치
지구의 문화계에 대한 대대적인 문화토벌을 진행했다. 중국공산당 조직과 기관을
파괴하고 공산당원을 대거 체포했다. 루쉰은 '그물망 뚫기술'로 좌충우돌했다. 그
러나 결국 더욱 촘촘한 탄압이 가해졌고 대부분의 작품은 단속대상이 되었다.

루쉰은 '검열의 그물망'을 뚫기 위한 새로운 길을 찾았다. 1933년부터 생활서점 (生活書店)과 문학사(文學社)가 공동으로 『문학』(文學)을 출판하는 데 참여했다. 1934년 9월에는 또 『역문』(譯文)을 편집했다. 루쉰은 3기까지 편집하고 청년작가 황위안(黃源)에게 편집을 넘겼다. 9월에는 천왕다오와 『태백』(太白)을 공동으로 출판했다. 이 두 해 동안 루쉰은 수많은 잡문을 썼으며, 이후 『남강북조집』(南腔北調集), 『거짓자유서』(僞自由書), 『풍월이야기』(准風月談), 『꽃테문학』(花邊文學) 등 으로 묶어 출판했다.

그는 청년작가들을 육성하는 데 심혈을 기울였다. 샤오쥔(蕭軍), 샤오훙(蕭紅), 쉬마오융(徐懋庸), 예쯔(葉紫), 쑨융(孫用) 등을 세심하게 지도하고 그들의 작품의 출판을 도왔다. 루쉰은 『중국신문학대계 소설2집』(中國新文學大系 小說二集)을 편집하면서 가능한 많은 청년작가들의 작품을 수록했다. 그들의 성장을 돕기 위해서였다.

판화계에 종사하는 청년들에 대한 지원도 아끼지 않았다. 루쉰의 도움을 받은 판화단체로는 광저우의 현대판화회, 핑진(平津)목각연구회 등 십여 개에 이른다. 루쉰은 이들의 전국목각전람회 개최를 힘껏 도왔다. 『케테 콜비츠 판화선집』(凱綏·珂勒惠支版畵選集), 『「시멘트」삽화』(土敏土之圖), 『'죽은 혼'의 백 가지 삽화』(死魂靈百圖), 『인옥집』(引玉集)을 편집하고, 정전뒤(鄭振鐸)와 함께 『베이핑전보』(北平箋譜) 등 진귀한 판화자료를 편집했다.

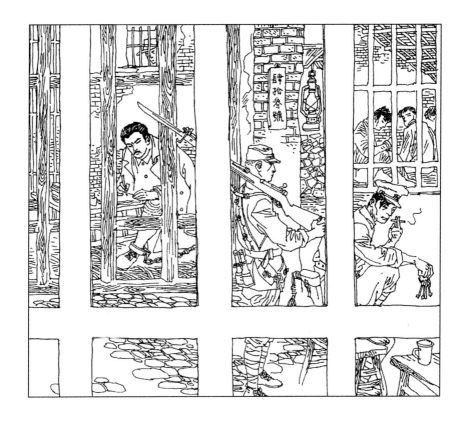

1935년 장시(江西) 동북 홍군장교 팡즈민(方志敏)이 옥중에서 나올 수 있도록 도
와 달라는 편지를 루쉰에게 보냈다. 상황을 알아본 루쉰은 구출될 가능성이 없다
는 것을 알고 가능한 많은 글을 써 두라는 뜻을 전달했다. 이에 팡즈민은 「사랑스
런 중국」(可愛的中國), 「청빈」(淸貧) 등의 글과 당중앙에 보내는 밀서를 작성하여
여러 사람의 손을 거쳐 루쉰에게 보내 중국공산당중앙에 전달해 달라고 부탁했다.

루쉰은 팡즈민의 글을 잘 간수해 두었다. 1936년 4월 펑쉐펑이 상하이에 지하당을 만들기 위해 산베이(陝北) 와야오바오(瓦窯堡)에서 왔다. 그는 당중앙의 지시에 따라 제일 먼저 루쉰을 방문했다. 루쉰은 펑쉐펑을 만나자마자 팡즈민의 원고를 전해 주었다. 그는 열사의 유고를 들고 있는 것이 불덩이를 받들고 있는 것 같았다.

1935년 2월 취추바이가 푸젠(福建)에서 체포되었다. 그는 린치샹(林祺祥)이라는 이름으로 루쉰에게 편지를 보내 도움을 요청했다. 그러나 5월 변절자의 밀고로 취추바이의 신분이 드러나 6월 18일 국민당에 의해 총살당했다. 루쉰은 너무나 비통했다. 취추바이의 유작을 보존할 유일한 방법을 생각했다. 편집하여 출판하는 것이었다. 병든 몸으로 밤낮으로 취추바이의 번역서 『해상술림』(海上述林)을 편집했다. 루쉰은 사망하기 전날 밤에도 이 책의 출판을 신경쓰고 있었다.

383   6부 상하이 시대

1936년 초 루쉰의 건강이 악화되었다. 사회 문제와 문화계의 문제가 뒤엉켜 루쉰의 마음은 근심걱정으로 가득했다. 3월 2일 우치야마서점의 점원 명의로 빌린 비밀장서실에서 반나절 동안 책을 뒤적거리다 감기에 걸리고 말았다. 병세는 날로 위중해졌다.

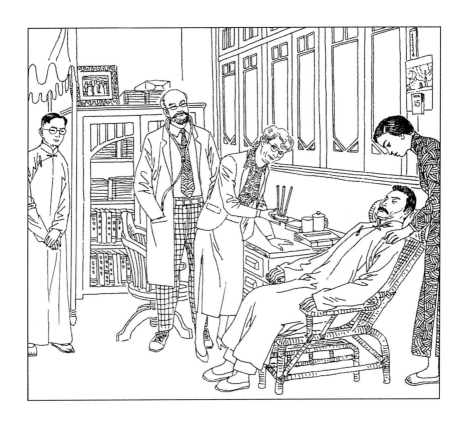

5월 루쉰은 더 이상 앉아 있기도 힘들었다. 스메들리와 마오둔이 상하이에서 가장 유명한 유럽인 폐 전문의를 청해 진찰했다. 유럽인이 이런 몸이었다면 벌써 5년 전에 세상을 떴을 것이라고 진단했다. 의사의 말을 듣는 순간 스메들리는 눈물을 쏟았다. 루쉰은 5년 전에 사망한 사람에 대한 치료법은 의사가 배우지 못했을 것이라고 하며 치료를 받아들이지 않았다.

6부 상하이 시대

루쉰의 소식을 전해 들은 쑹칭링은 당장 입원치료하라고 권유하는 편지를 썼다. 친구들은 다른 곳으로 가서 요양을 하라고도 했다. 일본으로 가라고도 하고 소련으로 가라고도 했다. 루쉰은 외국에 가면 바로 귀머거리, 벙어리 신세가 될 터이고 망명객으로 몇 년 더 살기보다는 차라리 국내에서 "그들만의 좋은 세상"에 좀 불쾌한 일을 보태면서 몇 년 덜 사는 것이 낫다고 생각했다.

루쉰은 병으로 인한 고통 속에서도 필사적으로 일을 했다. 상하이에서 지낸 10년 동안 쓰고 편집하고 번역하고 교정한 글의 분량은 이전 20년 동안에 쓴 양의 총량과 비슷하고, 임종 전 3년 동안 한 일은 그 이전 6년 동안의 총량과 비슷했다. 병마 속에서 루쉰은 『죽은 혼』 제2부를 번역했다.

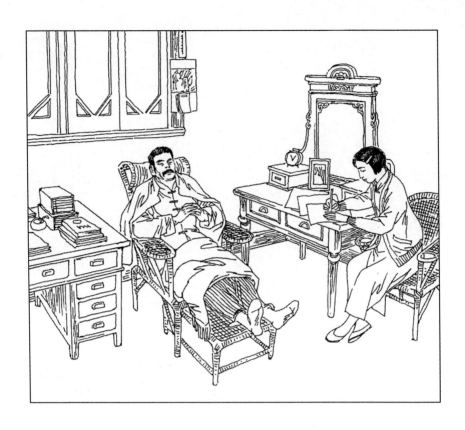

6월 5일부터는 극도로 쇠약해졌다. 30년 동안 거르지 않았던 일기 쓰기를 중단했다. 이 와중에도 루쉰은 구술로 쓴 글을 발표했다. 6월 말 다시 일기를 쓰기 시작했다. 8월에는 병세가 좀 호전되는 듯했다. 다시 글쓰기에 전력을 다했다.

1936년 10월 8일 제2회 전국목각연합전람회가 상하이 바셴차오(八仙橋)청년회 건물에서 열렸다. 루쉰은 이번 전시에 지대한 관심을 보였다. 신병을 앓으면서도 전람회를 참관하고 그 자리에서 청년 목각인들과 여러 시간 동안 흥미진진하게 이 야기를 나누었다. 이 일로 청년들은 한껏 고무되었다. 이날은 그가 세상을 뜨기 겨 우 열하루 전이었다.

10월 17일 루쉰은 후펑(胡風)과 함께 일본작가 가지 와타루(鹿地亘)의 부탁으로
그의 집을 방문했다. 루쉰의 작품「목매 죽은 여자 귀신」(女吊)의 번역 문제에 대해
의견을 나누었다. 황혼녘 귀갓길 돌연 찬바람이 일었다. 이날 밤 루쉰은 가쁜 숨을
몰아쉬었다. 앉지도 못하고 눕지도 못했다.

18일 아침 급히 의사를 불러 몇 가지 처치를 했으나 호전되지 않았다. 온종일 가쁜 숨으로 너무나 고통스러웠다. 1936년 10월 19일 새벽 5시 25분 루쉰은 세상과 영원히 이별했다. 폐기종 파열로 생긴 기흉이 심장을 압박했던 것이다.

루쉰의 서거에 만민이 애도했다. 민중들은 민중장을 거행하기로 했다. 장례식에 참가한 사람은 수만 명에 이르렀고 그의 영구에는 '민족혼'(民族魂)이라는 세 글자를 수놓은 휘장이 덮였다. 중국공산당중앙은 통전으로 애도를 표하고 마오쩌둥은 장례위원회에 이름을 올렸다. 수많은 사람들이 루쉰박물관, 기념관, 도서관 등 영구적인 기념시설의 건립과『루쉰전집』의 출판을 제안했다.

이후 1937년 『루쉰전집』이 출판되고 옌안(延安)에는 루쉰예술문학원이 세워지고 분원이 다른 여러 곳에서 만들어졌다. 중화인민공화국 성립 이후 상하이, 사오싱, 베이징, 광저우, 샤먼에서 잇달아 루쉰기념관, 박물관을 건립하고 루쉰의 묘를 상하이 루쉰공원으로 이장했다. 루쉰은 중화민족의 민족정신의 상징이 되었다.

1

2

3

4

1 20세기 초 상하이
2 징원리 입구 3 징원리 23호
4 1928년 3월 징원리에서 찍은 사진

1 베이쓰챤로 라모스아파트 2 다루신춘 9호 외관 3 다루신춘 9호 내부 4 장서실 외관과 내부

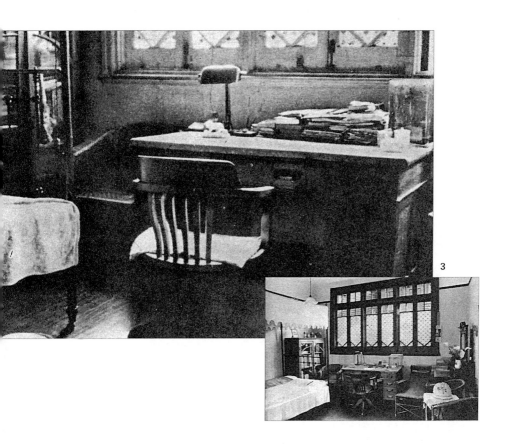

3

4

1

2

1 우치야마서점 2 우치야마 간조 부부 3 화위안쨍여관 4 루쉰 장례식

1

2

1『선바오』의 「자유담」 2『전초』 3『차개정잡문』 4『차개정잡문 2집』 5『차개정잡문 말편』
6『거짓자유서』 7『풍월이야기』 8『삼한집』 9『이심집』 10『남강북조집』

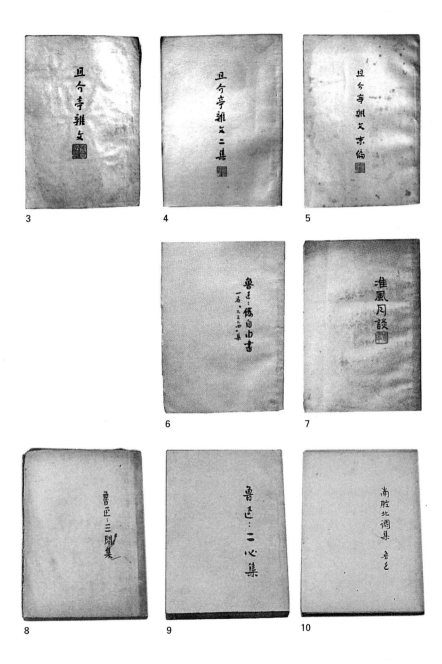

3

4

5

6

7

8

9

10

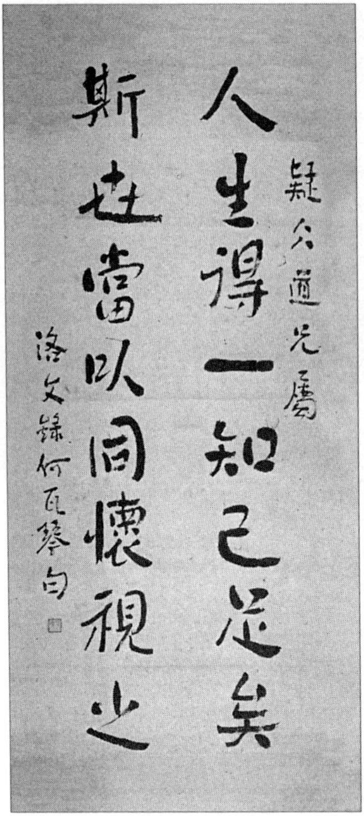

1

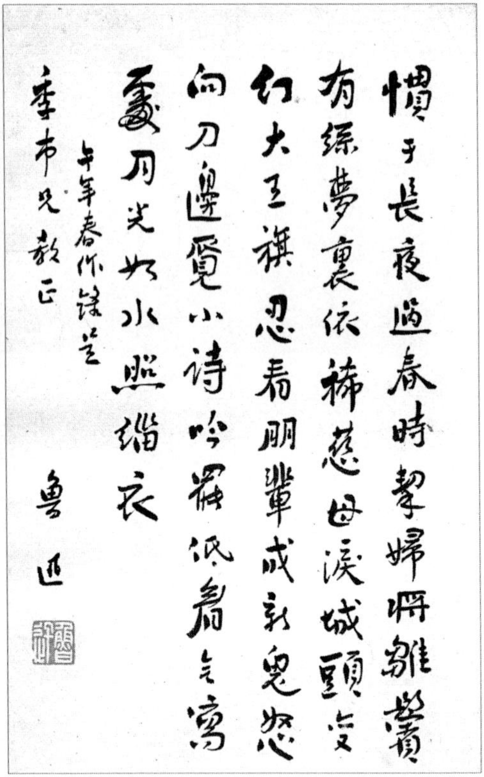

2

1 취추바이에게 보낸 글

2 칠언율시 「무제」

3 루쉰 묘비 4 루쉰상 5 『루쉰전집』

3

4

5

후기

왕시룽 王錫榮

수많은 루쉰 연구자들과 마찬가지로 나도 일찍부터 루쉰의 전기를 쓰고 싶다는 거대한 희망을 품고 있었다. 그런데 루쉰 연구 분야에서 사반세기를 보낸 후에야 비로소 루쉰전을 쓰기 시작하게 될 줄은 생각지도 못했다. 더욱이 연환화 전기가 될 줄은 몰랐다. 연환화를 가볍게 보아서가 아니라 낯설었기 때문이다. 연환화를 본 적이 없다는 것이 아니라——어린 시절 연환화 팬이 아니었던 사람이 누가 있으랴——이러한 글쓰기 장르에 대한 낯설음을 말하는 것이다. 이런 까닭에 글을 쓰는 데 많은 어려움에 봉착했다.

첫째는 이야기성에 대한 장악이었다. 루쉰의 삶에는 이야기성이 풍부한 일화가 아주 많기 때문에 그것을 다 펼쳐 놓자니 분량이 허락하지 않았다. 반면 그렇게 하지 않으면 무미건조해져 버렸다. 루쉰 생애의 주요한 사건을 표현하고 그것의 주요 윤곽을 그려 내기 위해서 가끔은 이야기를 희생하지 않을 수 없었다. 이것은 아주 유감스런 일이다.

둘째는 어떤 내용은 연환화로 표현하기 적당하지 않은 것들도 있었다. 일반적인 전기를 쓰는 방식으로 표현하면 독자를 끌어당기는 힘이 부족해지고 연환화의 표현 방법으로 바꾸면 내용이 남루해지는 것을 피할 수 없었다.

그야말로 "직접 해 보지 않고서는 모르는 법이다." 루쉰의 생애에 대해서는 자세히 알고 있었지만 막상 쓰려고 하니 따져 볼 것이 퍽이나 많았다. 통속

적이고 이해하기 쉽고 흥미진진하게 표현하는 것도 결코 쉽지 않았다. 다행히도 뤄시셴(羅希賢) 선생의 멋진 그림 덕분에 곤혹스러움을 많이 덜 수 있었고 나의 어리석음을 적지 않게 가릴 수 있게 되었다.

이 정도 분량의 연환화로 루쉰의 생애를 표현하기는 어렵다고 생각한다. 그의 넓고 풍부한 생애를 하나하나 서술하는 것은 불가능한 일일지도 모른다. 로맹 롤랑이 쓴 발자크 전기처럼 정련된 문장으로 지극히 절제하여 한 영혼의 발전사를 그려 냈더라면 독자의 정력을 소모하는 독서시간을 줄일 수도 있었을 것이다. 그러나 우선 나에게는 그러한 필력이 없고 그런 작품은 연환화에 적합하지 않다는 것이 또 다른 문제이다. 루쉰은 "아주 위대한 변동에 대하여, 우리는 그것을 표현할 힘이 없을 것이다"라고 말했다. 솔직히 말하자면 나는 위대한 루쉰을 표현할 능력이 없다. 물론 우리가 루쉰을 신으로 간주할 필요는 없지만, 아무리 스스로를 대단하게 생각하더라도 루쉰의 면전에서는 천박해지지 않도록 삼가 경계하는 것이 좋다고 생각한다. 어째서 그러하냐고? 그것은 루쉰의 책 몇 권만이라도 진지하게 읽어 보면 알 수 있을 것이다. 만약 독자들이 이 책을 통하여 루쉰의 원저를 읽고 싶은 흥미를 갖게 된다면, 나는 이것만으로도 너무나 만족스러울 것이다.

후기

•루쉰 저서 목록•

책명	초판 출판 연도와 출판사	비고
중국광산지(中國鑛産誌)	1906년 상하이 푸지서국(普及書局)	과학저술, 공동저술
인생상효(人生象斅)	1909년 저장양급사범학당 유인물	생리학 강의안
외침(吶喊)	1923년 8월 베이징 신조사(新潮社)	「광인일기」, 「아Q정전」 등 소설 14편
중국소설사략(中國小說史略)	1923년 12월, 1924년 6월 베이징 신조사	상하 두 권
열풍(熱風)	1925년 11월 베이징 베이신서국(北新書局)	「수감록」 등 잡문 41편
방황(彷徨)	1926년 베이징 베이신서국	「축복」(祝福) 등 소설 10편
한문학사강요(漢文學史綱要)	1926년	샤먼(廈門)대학 강의안
화개집(華蓋集)	1926년 6월 베이징 베이신서국	「결코 한담이 아니다」(幷非閑話) 등 잡문 31편
무덤(墳)	1927년 3월 베이징 웨이밍사(未名社)	「인간의 역사」(人之歷史) 등 에세이 23편
화개집속편(華蓋集續編)	1927년 5월 베이징 베이신서국	「류허전 군을 기념하며」 (紀念劉和珍君) 등 잡문 33편
들풀(野草)	1927년 7월 상하이 베이신서국	「가을밤」(秋夜) 등 산문시 23편
아침 꽃 저녁에 줍다(朝花夕拾)	1928년 9월 베이징 웨이밍사	「후지노 선생」(藤野先生) 등 산문 10편
이이잡(而已集)	1928년 10월 상하이 베이신서국	「문학과 땀흘림」(文學和出汗) 등 잡문 30편
삼한집(三閑集)	1932년 9월 상하이 베이신서국	「소리 없는 중국」(無聲的中國) 등 잡문 35편
이심집(二心集)	1932년 10월 상하이 허중서국(合衆書局)	「좌익작가연맹에 대한 의견」(對於 左翼作家聯盟的意見) 등 잡문 38편
먼 곳에서 온 편지(兩地書)	1933년 4월 상하이 칭광서국(靑光書局)	쉬광핑(許廣平)과 주고받은 편지

거짓자유서(僞自由書)	1933년 10월 상하이 칭광서국	「싸움구경」(觀鬪) 등 잡문과 서언, 후기 총 45편
남강북조집(南腔北調集)	1934년 3월 상하이 동문서점(同文書店)	「망각을 위한 기념」(爲了忘却的記念) 등 잡문 51편
풍월이야기(准風月談)	1934년 12월 상하이 싱중서국(興中書局)	「중국문단에 대한 비관」 (中國文壇的悲觀) 등 잡문 64편
집외집(集外集)	1935년 5월 상하이 군중도서공사(群衆圖書公司)	「문예와 정치의 기로」 (文藝與政治的岐途) 등 시문 46편
새로 쓴 옛날이야기(故事新編)	1936년 1월 상하이 문화생활출판사(文化生活出版社)	「하늘을 땜질한 이야기」(補天) 등 역사소설 8편
꽃테문학(花邊文學)	1936년 6월 상하이 롄화서국(聯華書局)	「비평가의 비평가」(批評家的批評家) 등 잡문 61편
차개정잡문(且介亭雜文)	1937년 3월 상하이 삼한서옥(三閑書屋)	「중국인은 자신감을 상실했는가」 (中國人失掉自信了嗎?) 등 잡문 37편
차개정잡문 2집 (且介亭雜文二集)	1937년 7월 상하이 삼한서옥	「'사람의 말이 무섭다'를 논하다」(論 "人言可畏") 등 잡문 48편
차개정잡문 말편 (且介亭雜文末編)	1937년 7월 상하이 삼한서옥	「목매 죽은 여자 귀신」(女吊) 등 잡문 35편
집외집습유(集外集拾遺)	1938년 8월 『루쉰전집』	「옛일을 그리워하다」(懷舊) 등 시문 96편
집외집습유보편 (集外集拾遺補編)	1981년 8월 인민문학출판사(人民文學出版社)	「중국지질약론」(中國地質略論) 등 시문 156편
고적서발집(古籍序跋集)	1981년 8월 인민문학출판사	「『고소설구침』 서문」(古小說鉤沉序) 등 서발문 27편
역문서발집(譯文序跋集)	1981년 8월 인민문학출판사	「『달나라여행』 서문」 (「月界旅行」辨言) 등 서발문 115편
서신	1981년 8월 인민문학출판사	1904년에서 1936년까지 서신 1457통
일기	1959년 인민문학출판사	1912년 5월에서 1936년 10월까지 일기

루쉰 저서 및 번역서 목록

•루쉰 번역서 목록•

책명	초판 출판 연도와 출판사	비고
달나라 여행(月界旅行)	1903년 10월 진화사(進化社)	[프]쥘 베른(Jules Verne) 소설
지하세계 여행(地底旅行)	1906년 3월 상하이 푸지서국	[프]쥘 베른 소설
역외소설집(域外小說集)	1909년 2월, 6월 자비 인쇄	저우쭤런과 공동번역
현대소설역총(現代小說譯叢)	1922년 5월 상하이 상우인서관(商務印書館)	저우쭤런과 공동번역
노동자 셰빌로프 (工人綏惠略夫)	1922년 5월 상하이 상우인서관	[러]미하일 아르치바셰프(Михаил Петрович Арцыбашев) 소설
한 청년의 꿈(一個靑年的夢)	1922년 7월 상하이 상우인서관	[일]무샤노코지 사네아쓰 (武者小路實篤) 희곡
예로센코 동화집 (愛羅先珂童話集)	1922년 7월 상하이 상우인서관	[러]예로센코(Василий Яковлевич Ерошенко) 작품
연분홍 구름(桃色的雲)	1923년 7월 베이징 신조사	[러]예로센코 동화극
고민의 상징(苦悶的象徵)	1924년 12월 베이징 웨이밍사	[일]구리야가와 하쿠손(廚川白村) 문예이론
상아탑을 나와서 (出了象牙之塔)	1925년 12월 베이징 베이신서국	[일]구리야가와 하쿠손 문예이론
꼬마 요하네스(小約翰)	1928년 1월 베이징 웨이밍사	[네덜란드] 반 에덴(F. Van Eeden) 동화
사상·산수·인물 (思想·山水·人物)	1928년 4월 상하이 베이신서국	[일]쓰루미 유스케(鶴見祐輔) 수필집
벽하역총(壁下譯叢)	1929년 4월 상하이 베이신서국	[일]아리시마 다케오(有島武郎) 논문집
'기이한 검'과 기타 (奇劍及其他)	1929년 4월 상하이 초화사(朝花社)	[소련]미하일 조시첸코(Михаил Михайлович Зощенко) 소설집
'사막에서'와 기타 (在沙漠上及其他)	1929년 9월 상하이 조화사	[스페인]피오 바로하(Pío Baroja) 등의 소설집
근대미술사조론 (近代美術思潮論)	1929년 상하이 베이신서국	[일]이타가키 다카호(板垣鷹穗) 지음

현대신흥문학의 제문제 (現代新興文學的諸問題)	1929년 4월 상하이 대강서포(大江書鋪)	[일]가타가미 노부루(片上伸) 문예이론
예술론(藝術論).	1929년 6월 상하이 대강서포	[소련]루나차르스키(Анатолий Васильевич Луначарский) 문예이론
문예와 비평(文藝與批評)	1929년 10월 상하이 수이모서점(水沫書店)	[소련]루나차르스키 문예이론
문예정책(文藝政策)	1930년 6월 상하이 수이모서점	[일]구라하라 고레히토(蔵原惟人) 등의 편집 번역
예술론(藝術論)	1930년 7월 상하이 광화서국(光華書局)	[러]플레하노프(Плеханов, Георгий Валентинович) 문예이론
궤멸(毀滅)	1931년 10월 상하이 삼한서옥	[소련]파데예프(Александр Александрович Фатеев) 소설
하프(豎琴)	1933년 1월 상하이 량유도서공사(良友圖書公司)	[소련]야코블레프 (А.Яковлев) 등의 소설집
10월(十月)	1933년 2월 상하이 신주국광사(神州國光社)	[소련]야코블레프 소설
하루의 일(一天的工作)	1933년 12월 상하이 량유도서공사	[소련]세이풀리나 (Сейфуллина) 등의 소설집
시계(錶)	1935년 7월 상하이 생활서점(生活書店)	[소련]판텔레예프(L. Panteleev) 소설
러시아 동화(俄羅斯的童話)	1935년 8월 상하이 문화생활출판사	[소련]고리키(Алексей Максимович Пешков) 등의 작품집
나쁜 아이와 이상한 소문 (壞孩子和別的奇聞)	1936년 상하이 롄화서국	[소련]체호프(Антон Павлович Чехов) 소설집
죽은 혼(死魂靈)	1936년 3월 상하이 문화생활출판사	[소련]고골(Николай Васильевич Гоголь) 소설
약용식물과 기타 (藥用植物及其他)	1936년 6월 상하이 상우인서관	[일]가리요네 다쓰오(苅米達夫)의 식물학
산민목창(山民牧唱)	1938년 8월『루쉰전집』	[스페인]바로하 소설집
역총보(譯叢補)	1938년 8월『루쉰전집』	일본, 소련 등의 문예론집

궈모뤄(郭沫若, 1892-1978)
원명은 궈카이전(郭開貞). 쓰촨 러산(樂山) 사람. 문학가, 학자, 사회운동가. 창조사의 발기인 중 한 명. 중국과학원 원장, 중국문학예술계연합회 주석, 인민대표대회 상무위원회 부위원장 등을 역임했다. 시집 『여신』(女神) 등이 있다.

딩링(丁玲, 1904-1986)
원명은 장웨이(蔣煒), 장빙즈(蔣冰之). 후난(湖南) 린펑(臨澧) 사람. 작가. 좌련의 주요 회원 중 한 명. 소설로 『물』(水), 『사비여사의 일기』(莎菲女士的日記) 등이 있다.

러우스(柔石, 1902-1931)
원명은 자오핑푸(趙平福). 저장 닝하이(寧海) 사람. 작가. 좌련의 주요 회원. 1931년 2월 상하이 룽화(龍華)에서 총살당했다. '좌련의 다섯 열사' 중의 한 명. 소설 『2월』(二月) 등이 있다.

루루이(魯瑞, 1858-1943)
루쉰의 모친. 거인(擧人) 집안 출신. 독학으로 글을 읽을 수 있었다. 강인하고 부지런했으며 유머스런 성격이었다.

리다자오(李大釗, 1889-1927)
자는 서우창(守常). 허베이(河北) 러팅(樂亭) 사람. 혁명가, 학자. 중국공산당 창시자 중 한 명이다.

린위탕(林語堂, 1895-1976)
푸젠(福建) 룽시(龍溪) 사람. 작가. 『위쓰』(語絲) 동인. 1925년 여사대 교무장을 역임했다. 1926년 루쉰을 샤먼(廈門)대학의 교수로 초빙했다. 후에 상하이에서 『인간세』(人間世) 등을 편집했다. 루쉰과 접촉이 많은 편이었으나 지향하는 바가 달라 차츰 소원해졌다.

마오둔(矛盾, 1896-1981)
원명은 선더훙(沈德鴻). 자는 옌빙(雁冰). 저장 퉁샹(桐鄕) 사람. 작가. 소설 『한밤중』(子夜) 등이 있다.

바진(巴金, 1904-2005)
원명은 리푸간(李芾甘). 쓰촨(四川) 청두(成都) 사람. 작가. 소설로 『집』(家), 『봄』(春), 『가을』(秋) 등이 있다.

샤오쥔(蕭軍, 1907-1988)
원명은 류훙린(劉鴻霖), 필명은 톈쥔(田軍). 랴오닝(遼寧) 이현(義縣) 사람. 작가. 소설로 『팔월의 향촌』(八月的鄕村) 등이 있다.

샤오훙(蕭紅, 1911-1942)
필명은 차오인(悄吟). 헤이룽장(黑龍江) 후란(呼蘭) 사람. 여성작가. 소설로 『삶과 죽음의 장소』(生死場) 등이 있다.

서우징우(壽鏡吳, 1849-1930)
이름은 화이젠(懷鑒). 저장 사오싱 사람. 루쉰이 삼미서옥(三味書屋)에서 공부할 당시 선생님. 단정한 성격과 엄격한 교학으로 유명했다. 강직한 성품으로 루쉰의 성격 형성에 영향을 끼쳤다.

쉬광핑(許光平, 1898-1968)
필명은 징쑹(景宋), 광둥(廣東) 판위(番禺, 지금의 광저우廣州) 사람. 사회운동가. 루쉰의 평생의 반려자였다.

쉬서우창(許壽裳, 1883-1948)
자는 지푸(季黻), 지스(季市). 호는 상수이(上遂). 저장 사오싱 사람. 교육가. 1948년 타이완에서 암살되었다. 저서로 『망우 루쉰인상기』(亡友魯迅印象記) 등이 있다.

스메들리(Agnes Smedley, 1892-1950)
미국의 여성작가, 기자. 1929년 초 독일의 일간지 『프랑크푸르트 차이퉁』의 기자 신분으로 중국을 방문했다.

쑨푸위안(孫伏園, 1894-1966)
저장 사오싱 사람. 루쉰이 산콰이초급사범학당에서 강의를 할 당시의 학생. 편집인, 작가. 『천바오 부간』(晨報副刊), 『징바오 부간』(京報副刊) 등을 편집했다.

쑹칭링(宋慶齡, 1893-1981)
광둥 원창(文昌, 지금의 하이난海南에 속한다) 사람. 혁명가, 사회운동가. 쑨중산의 부인. 중화인민공화국 명예주석을 지냈다.

양취안(楊銓, 1893-1933)
자는 싱포(杏佛), 장시(江西) 칭장(淸江, 지금의 장수樟樹) 사람. 사회운동가. 동맹회에 참가했고 쑨중산 총통의 비서, 중국민권보장동맹 총간사 등을 역임했다.

예로센코(Vasilli Eroshenko, 1889-1952)
러시아 맹인 시인, 동화작가. 아시아 각국을 유랑했다. 1921년 일본정부에 의해 추방되자 중국으로 갔다. 1922년에 루쉰의 집에서 기거했으며 1923년에 귀국했다. 루쉰은 그의 『연분홍 구름』(桃色的雲), 『예로센코 동화집』(愛羅先珂童話集) 등을 번역했다.

왕진파(王金發, 1883-1915)
저장 성현(嵊縣) 사람. 저장 홍문(洪門) 평양당(平陽黨) 영수. 후에 광복회(光復會)에 가입했다. 루쉰과는 일본에서 알게 되었다. 신해혁명 시기 광군을 이끌고 사오싱을 관할했고 도독(都督)으로 있었다.

위안스카이(袁世凱)의 독재에 반대하여 일어난 '2차 혁명'이 실패하자 상하이에서 칩거했다. 1915년 피살되었다.

우치야마 간조(內山完造, 1885-1959)

일본 오카야마현(岡山縣) 사람. 1917년부터 상하이에서 우치야마서점을 경영했다. 1930년대 중국 문화계의 주요 인사들과 광범위하게 교류했다. 1947년에 일본으로 돌아가 중일 우호활동에 치중했다. 1959년 중국의 건국 10주년 경축행사 참여차 베이징에 갔다가 병사했다.

위다푸(郁達夫, 1896-1945)

저장 푸양(富陽) 사람. 작가. 창조사 초기 동인. 1945년 싱가포르에서 일본군에 의해 피살되었다. 소설 「타락」(沉淪) 등이 있다.

인푸(殷夫, 1909-1931)

바이망(白莽)이라고도 하며, 원명은 쉬바이팅(徐柏庭), 쉬바이(徐白) 등이다. 저장 상산(象山) 사람. 작가, 시인. 1931년 2월 상하이 룽화에서 총살당했다. '좌련의 다섯 열사' 중의 한 명. 시집 『어린이 탑』(孩兒塔) 등이 있다.

장타이옌(章太炎, 1869-1936)

이름은 빙린(炳麟). 저장 위항(余杭) 사람. 청말 혁명가이자 학자. 후기광복회 회장. 1908년 루쉰이 일본에서 그의 강의를 들었다. 쑨중산의 고문을 역임했다. 위안스카이에 반대하여 구금되었으며 루쉰이 수차례 찾아갔다. 루쉰은 만년에 그에 대하여 다소 비판적인 글을 썼다.

저우보이(周伯宜, 1861-1896)

본명은 펑이(鳳儀), 원위(文都)로 개명. 루쉰의 부친. 1893년 과거시험 부정 건으로 공생(貢生)의 지위가 박탈되고 울결로 병사했다.

저우젠런(周建人, 1888-1984)

루쉰의 둘째 아우. 루쉰의 정신과 학문에 많은 영향을 받았다. 항일전쟁 시기에 민주운동에 종사했으며 '중국민주촉진회'(中國民主促進會) 발기인 중 하나이다. 중화인민공화국 성립 후 저장성 성장, 전국인민대표대회 부위원장 등을 역임.

저우쭤런(周作人, 1885-1967)

루쉰의 첫째 아우. 루쉰과 함께 강남수사학당(江南水師學堂)에서 공부. 일본 도쿄에서 유학하고 돌아와 베이징에서 루쉰과 함께 살았으나 1923년부터 왕래를 하지 않았다. 1940년 왕징웨이(汪精衛)정부에서 화베이교육총서독판(華北教育總署督辦) 등을 역임했다. 1946년 매국노로 지목되기도 했다.

저우푸칭(周福清, 1837-1904)

자는 제푸(介孚). 저장 사오싱 사람. 루쉰의 조부. 1871년 진사 시험에 붙어 흠점한림원(欽點翰林院) 서길사(庶吉士)가 되었다. 내각중서(內閣中書) 역임. 1893년 과거시험 부정 건으로 사형집행유예 형을 받았다가 1901년 사면되었다.

정전둬(鄭振鐸, 1898-1958)
필명은 시디(西諦) 등. 푸젠 창러(長樂) 사람. 학자, 작가. 문학연구회(文學研究會)의 주요 회원. 저서로
『삽도본 중국문학사』(揷圖本中國文學史) 등이 있다.

주안(朱安, 1878-1947)
저장 사오싱 사람. 루쉰 집안의 먼 친척으로 1901년 루루이가 루쉰의 아내로 결정했다. 루쉰은 어머니
의 명령이었으므로 어쩔 수 없이 결혼식을 올리고 평생 부양했으나 동숙하지는 않았다.

차이위안페이(蔡元培, 1868-1940)
자는 허칭(鶴卿), 호는 제민(孑民). 저장 사오싱 사람. 학자이자 교육가. 청말의 한림. 광복회, 동맹회 회
원. 베이양(北洋)정부 교육총장, 베이징대학 총장을 역임했다.

천두슈(陳獨秀, 1879-1942)
안후이(安徽) 화이닝(懷寧) 사람. 학자. 중국공산당 창시자 중 한 명. 5·4 신문화운동의 발기인.『신청
년』(新青年) 주편, 베이징대학 문과학장 등을 지냈다. 저서로『두슈문존』(獨秀文存) 등이 있다.

천왕다오(陳望道, 1891-1977)
저장 이우(義烏) 사람. 혁명가, 교육가.「공산당 선언」을 최초로 중국어로 번역했다. 푸단(復旦)대학 총
장 등을 역임했다. 저서로『수사학 대강』(修辭學發凡) 등이 있다.

첸쉬안퉁(錢玄同, 1887-1939)
자는 중지(中季), 호는 이구(疑古). 저장 우싱(吳興, 지금의 후저우湖州) 사람. 문자학자. 루쉰과는 일본유
학 시절에 알게 되었다. 1917−1919년 사이에『신청년』을 편집했다. 루쉰은 첸쉬안퉁의 권유로『신청
년』에 글을 기고하기 시작했다.

취추바이(瞿秋白, 1899-1935)
원명은 샹(霜), 솽(爽)이고 필명으로 취웨이타(屈維它) 등이 있다. 장쑤(江蘇) 창저우(常州) 사람. 혁명
가, 작가, 번역가. 1931년 상하이에서 루쉰과 함께 좌익문예운동을 이끌었다. 1935년 2월 푸젠에서
국민당군에 의해 체포되어 6월에 희생되었다. 작품으로『해상술림』(海上述林) 등이 있다.

판아이눙(範愛農, 1883-1912)
저장 사오싱 사람. 루쉰과는 일본 유학시기에 알게 되었다. 1911년 루쉰이 산콰이초급사범학당에서
교장으로 일할 당시 교무장이었다. 루쉰이 교육부로 간 뒤 배척당했으며 1912년 7월에 익사했다.

팡즈민(方志敏, 1899-1935)
장시(江西) 거양(戈陽) 사람. 혁명가. 제2차 국내혁명전쟁 시기 간둥베이(贛東北) 홍군장교. 작품으로
「사랑스런 중국」(可愛的中國) 등이 있다.

펑쉐펑(馮雪峰, 1903-1976)
저장 이우 사람. 혁명가, 작가, 시인. 저서로『루쉰을 기억하다』(回憶魯迅),『루쉰의 문학의 길』(魯迅的
文學道路) 등이 있다.

황위안(黃源, 1905-2003)

저장 하이옌(海鹽) 사람. 작가, 번역가. 작품으로 『루쉰 선생을 회상하며』(懷念魯迅先生) 등이 있다.

후스(胡適, 1891-1962)

자는 스즈(適之). 안후이 지시(績溪) 사람, 문학가, 사회운동가. 5·4 신문화운동의 발기인 중 한 명. 베이징대학 총장, 국민당 정부 주미대사 등을 역임했다. 저서로 『후스문존』(胡適文存) 등이 있다.

후지노 겐쿠로(藤野嚴九郎, 1874-1945)

일본 후쿠이현(福井縣) 사람. 아이치의전(愛知醫專) 졸업. 1904년 센다이(仙臺)의전에서 교수로 재직하면서 루쉰에게 해부학을 가르쳤다. 1915년에 귀향하여 의사로 활동했다.

후펑(胡風, 1902-1985)

후베이(胡北) 치춘(蘄春) 사람, 작가, 문예이론가. 좌련 서기를 역임했다. 루쉰장례위원회 회원. 루쉰에게 팡즈민(方志敏)의 원고를 전달했다. 『바다제비』(海燕), 『희망』(希望) 등을 편집했다. 1955년 이른바 '반당(反黨)집단 영수'로 지목되기도 했다.

運交華蓋欲何求　
未敢翻身已碰頭　
舊帽遮顏過鬧市　
破船載酒泛中流　
橫眉冷對千夫指　
俯首甘為孺子牛　
躲進小樓成一統　
管他冬夏與春秋　

魯迅 ■

화개운에 걸렸는데 무엇을 할 것인가

몸을 뒤척이기도 전에 머리부터 부딪힌다

낡은 모자로 얼굴을 가린 채 떠들썩한 저잣거리를 지나가고

물새는 배에 술을 싣고 강물 위를 떠다닌다

매서운 눈초리로 차갑게 뭇사람의 손가락질에 맞서며

고개 숙여 기꺼이 아이들의 소가 되리라

작은 집에 숨어들어도 나의 청신은 한결같다

그들의 춘하추동이야 어찌되든지 간에

— 루쉰 「자조」自嘲